宝くじで40億当たったんだけど異世界に移住する
16
すずの木くろ
Suzunoki Kuro
ill 黒獅子
Kurojishi
モンスター文庫

志野一良
宝くじで億万長者となった青年
「そのまま日本に連れて帰っちゃうとか。楽しそうだと思いません？」
「何言ってるんですか。そういう冗談は――」

「冗談じゃ……なかったら？」
ジルコニア・イステール
ナルソンの後妻

リスティル
マリーの母親
「大きくなったわね……
また会えるなんて、夢みたい」

「あああん！
おがあざあああん！」
マリー
ルーソン家の庶子

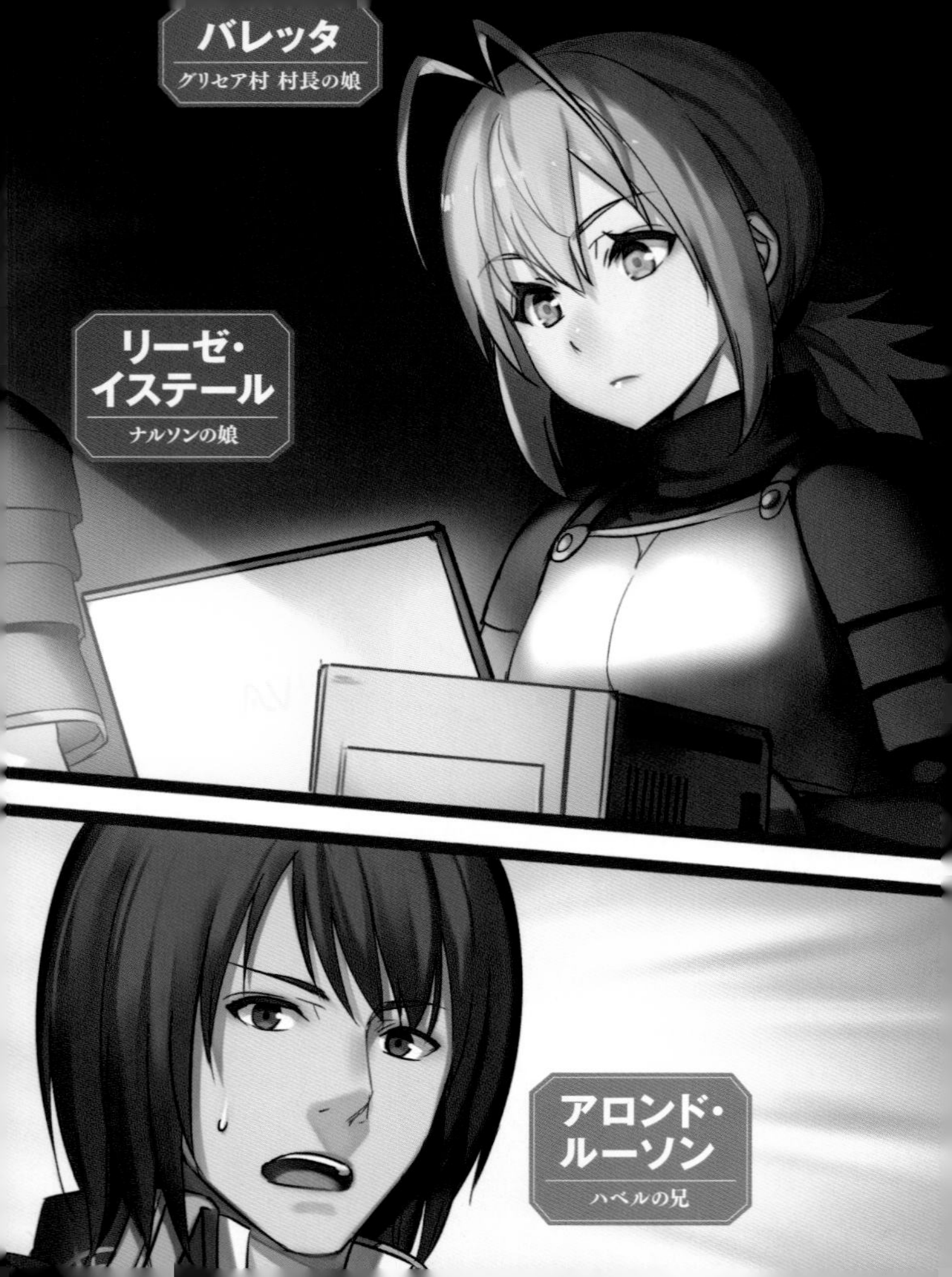

バレッタ
グリセア村 村長の娘
リーゼ・イステール
ナルソンの娘
アロンド・ルーソン
ハベルの兄

「まずは、今皆様がご覧になっている、この情景について。これは、我が国に降臨した神、グレイシオール様によって授けられたもので――」
ゲルドン
部族同盟の族長
ウズナ
ゲルドンの娘

部族支配地域
アルカディア王国 周辺地図
バルベール共和国
Valvert
クレイラッツ
都市同盟
Craylutz
アルカディア王国
Arcadia
プロティア
王国
Protea
エルタイル
王国
Altair
アルカディア王国 国内地図
バルベール共和国
Valvert
砦
グレゴリア
グリセア村
イステリア
クレイラッツ
都市同盟
Craylutz
アルカディア王国
Arcadia
フライシア
王都アルカディア

宝くじで40億当たったんだけど異世界に移住する⑯

すずの木くろ

MONSTER bunko

Contents

序章

夕刻。

ムディアの城壁の外で黙々と野営地の準備をするバルベール軍の兵士たちに混じって、ティティスとフィレクシアは薪《たきぎ》を運んでいた。

やたらと上機嫌なフィレクシアは鼻歌混じりで、終始ニコニコ顔だ。

バルベール兵たちは武装解除されており、斧や鋸といった武器になりそうな物はすべて没収されている。

「フィレクシアさん。あまりそのような顔をしないでください。兵士たちが見ていますよ」

兵士たちの不快そうな視線を感じ、ティティスがフィレクシアをたしなめる。

「別にいいじゃないですか。戦争が終わって、平和になるんですよ？」

「それはそうですが、私たちは敗北したんです。かたちだけでも、つらそうにするべきです」

「むう……分かりました」

フィレクシアが無理矢理、表情を暗いものにする。

薪置き場に自分たちの持っているものを置き、再びムディアの城門へと足を向けた。

城門の外には薪をはじめとした大量の資材が荷馬車で運ばれており、バルベール兵たちが必要な分をそれぞれ持ち出している状況だ。

「うー。嬉しいのに暗い顔をするのは大変なのですよ。走り回って叫びたい気分なのです」

フィレクシアが手をぱんぱんとはたき、ぐっと背伸びをする。

「平和が嬉しいのは分かりますが、そんなにですか？」

「そりゃあそうですよ。だって、圧倒的な存在が現れてくれたのですよ？」

当然、といった顔でフィレクシアが言う。

「これなら、もう戦争なんて起こりっこありません。カズラ様やマリー様がいてくれる限り、バルベールもアルカディアも安泰なのですよ。歯向かう人が出たとしても、一瞬でドカーンなんですから」

ドカーン、とフィレクシアが両手を振り上げる。

空を飛ぶ兵器のすさまじい威力で吹き飛ばされる別世界の住人たちを見ている彼女らにとって、アルカディアの神々は恐怖の象徴となっていた。

あんなものを見せられては、反抗心を持てというほうが無茶である。

一良《かずら》やマリーには絶対に逆らうなと、カイレンとエイヴァーからすべての軍団長と議員たちに通達が出ているのだが、言われなくても誰も逆らう気など欠片もない状態だ。

「確かに、神々が付いているとなっては、どんな強国でも逆らえませんね」

「んー……」

フィレクシアが腕組みして考える。

「どうしました？」

「その、神様という呼びかた、私はしっくりこないのですよ」

「というと？」

「カズラ様たちは、私たちよりもはるかに進んだ文明を持っている場所から来た人たちだと思います。異文明人、と言ったほうが正しいのではと」

真面目な顔で言うフィレクシアに、ティティスが困惑顔になる。

「つまり、神というのは、どこか遠い別の場所から来た者であると？」

「はい。空を飛ぶ乗り物があるんですから、あの空の向こうからやって来た人たちと考えるのが妥当なのですよ」

フィレクシアが空を見上げる。

釣られて、ティティスも空を見上げた。

動画で見た戦いの記録では、空に浮かぶ島や見たこともない巨木といった、自分たちの世界には存在しないものが映っていた。

この空の向こうには、自分たちには想像すらできないような世界がたくさんあるのかな、とぼんやり考える。

「まあ、そういう人たちを相称して『神様』と呼ぶんじゃないのかと言われたら、それまでなのですが」

「その言いかただと、文明レベルが違うだけで、いずれ私たちにも神々と同じようなことができるようになると聞こえますね」

「それはそうですよ。あの人たちが見せてくれたものは、今の私たちとは技術レベルが違いすぎて理解できないだけです。でも、その技術にたどり着くための道筋は、必ずあります。ただ、その道筋は私たちにとって遠すぎるというだけの話なのですよ」

フィレクシアの話に、ティティスが納得した顔で頷く。

「なるほど。未知なだけで、不可思議なものではない、ということですね」

ふむふむ、とティティスが頷く。

「だからこそ、この状況は福音なのですよ」

フィレクシアがティティスに目を戻し、にっこりと微笑む。

「私たちが彼らの技術力と同じ水準に到達するには、それこそ何百年とかかると思います。そうなるまでは、この世界は彼らの物です。彼らに従属している限りは、平和を享受できるはずですから」

「聞く人が聞いたら、敗北主義だと糾弾されそうな考えですね」

でも、とティティスが続ける。

「どんなかたちであれ、平和が得られるのなら、それはそれでいいことですね」

「はい！　それに、アルカディアの次の王様はルグロ殿下です。あんなお人よしに支配されるなら、バルベールの未来は明るいのですよ！」

「……フィレクシアさん、殿下をお人よしなんて呼ぶのは、これっきりにしてくださいね」

「あはは。分かってますって」

「おーい、ティティスさん！　フィレクシアさん！」

背後からの声に、２人が振り返る。

数十メートル先から、ルグロが大きな樽を肩に担いで歩いて来ていた。

あれこれ手伝っていたのか、汗だくである。

その後ろには、大勢のアルカディア兵が木箱や樽が満載された荷車を引いて付いて来ている。

「酒とパンを持ってきたんだけどさ。そっちの兵隊さんたちに配ってやってくれよ。たらふく食わせて、ゆっくり休ませてやってくれ」

ルグロが、よっこらしょ、と樽を地面に置く。

どすん、と音を立てて置かれた樽には酒が満杯に入っているようで、かなりの重さに見えた。

「殿下、ありがとうございます。皆、喜びます」

「ありがとうございます！」

ティティスとフィレクシアが、深々と頭を下げる。

「あーあー、そんなかしこまんなって。そういうの、苦手でさ」

ルグロは苦笑すると、兵士たちに指示を出して荷車から木箱を下ろさせた。

ティティスも近場の兵士を呼び、手伝わせた。

「あのさ」

ルグロがティティスに歩み寄り、小声で話しかける。

「できるだけ、そっちの兵士たちが同盟国を憎まないように、どうにかやってくれねえかな？　こっちの兵士たちも、そっちの連中を見下したりバカにした態度は取らないように、なんとかやるからさ」

「は、はい。承知いたしました」

申し訳なさそうに言うルグロに、ティティスが戸惑いながらも頷く。

「無理言ってごめんな。でも、最初が肝心だからさ。これからは仲間なんだから、仲良くやっていきたいんだ。昨日までは殺し合ってたけど、未来のためには割り切らなきゃいけないと思うんだよ」

「素晴らしいお考えです。ご意向に沿えるよう、全力で当たらせていただきます」

微笑むティティスに、ルグロがほっとした顔になる。

「ありがとな！　んじゃ、またな！」

ルグロは兵士たちを連れて、アルカディア軍陣地へと帰って行った。

「ね？　あの人が王様なら、我々の未来は明るいと思いません？」

その背を見送りながら、フィレクシアが満面の笑みで言う。

「ですね。お人よしの極致です。彼の側近は、胃薬がいくつあっても足りなさそうですね」

「あっ！　私には『殿下をお人よしって言うな』、なんて言っておいて！」

「……あっ！　あれは⁉」

突然、ティティスがフィレクシアの背後を指差した。

フィレクシアが振り返るが、遠目に山々が見えるだけで、変わったものは見当たらない。

「えっ？　何もな……ああっ⁉　騙したなあああ⁉」

すたこらと走って逃げて行くティティスを、フィレクシアは叫びながら追いかけるのだった。

第1章　勝者と敗者

ジルコニアはティティスと2人で、ムディアの防御塔の上から、野営準備を行うバルベール軍を眺めていた。

彼らは意気消沈しており、皆が暗い顔で黙々と作業をしている。

「――そういうことでしたか」

「うん」

アーシャ殺害に至るまでの経緯を聞き、ティティスが表情を曇らせる。

11年前にジルコニアの身に起こった出来事も、ジルコニアはすべて話して聞かせた。

「だから、マルケスだけは絶対にこの手で殺すと決めていたの。私は、そのためだけに生きてきたから」

「ジルコニア様の故郷の人は、誰も生き残ってはいないのですか？」

「いないと思う。女の人が何人か攫われたみたいだけど、生かしておいても使い道なんてないし、かえって邪魔になるでしょ。きっと、慰み者にされた後で殺されたんでしょうね」

「……カイレン様も、それを知っていたのですね」

「まあ、大まかには知ってるんじゃない？　だから、私に暗殺の話を持ちかけてきたんでしょ。

彼にとっても、マルケスは邪魔だったみたいだから」

「ですが、マルケス様は、ここ最近はカイレン様と友好的だったと記憶しています。排除しなければならない理由が、私には分かりません」

「あら、そうだったの？」

ジルコニアが、意外といった顔になる。

てっきり、彼らは対立関係にあると思っていたからだ。

「はい。以前は何かと言い争っていましたが、砦を奪い返された後は、カイレン様の意見にもきちんと耳を傾けていました。単独で戦闘した自身の行動も浅はかだったと、悔いておられましたし」

「ふうん……なら、どうして暗殺計画なんか持ちかけたのかしら」

「……分かりません」

「カイレンに直接聞いてみたら？」

ジルコニアが言うと、ティティスは表情を暗くした。

「聞くのが怖いんです。聞かなければよかったと、後悔しそうで」

「何か、思い当たるフシでもあるわけ？」

「……」

ティティスが頷く。

「その予想が当たるのが怖いのね？　だから、聞きたいけど聞けないと」

「……はい」

「あなた、カイレンのことが好きなんでしょう？　あ、1人の男性としてって意味ね」

ジルコニアが言うと、ティティスはすぐに頷いた。

「はい。私には、あの人しかいませんから」

「あの人しかいない？」

ジルコニアが小首を傾げる。

「……私は、蛮族に破壊された街の生き残りなんです」

ティティスが暗い顔のまま、ぽつぽつと話し出す。

「故郷の街が蛮族に襲われた時、私は両親に床下に押し込められて助かりました。そこに駆けつけたカイレン様の軍が蛮族軍を打ち倒し、私を救い出してくれたんです」

「家族は、誰も助からなかったの？」

「はい。街は徹底的に破壊されて、生き残ったのは私を含めてごくわずかです。両親も知人も、全員殺されてしまいました」

「ふうん……私と少し似てるわね。私の時は、誰も助けになんて来てくれなかったけど」

ジルコニアはそう言い、バルベール軍へと目を向けた。

のそのそと、緩慢に野営準備を進める彼らの姿が目に映る。

「それで、思い当たるフシっていうのは？」

「……すみません。言うことはできません」

ティティスが言うと、ジルコニアは彼女を横目で見て顔をしかめた。

「何よ。そこまで話しておいて、言えないの？」

「……申しわけございません」

謝るティティスに、ジルコニアがつまらなそうにため息をつく。

「まあ、それなら聞かなきゃいいんじゃない？　知らないほうが幸せなことだってあるし」

でもね、とジルコニアが続ける。

「今聞かないなら、そのことは綺麗さっぱり忘れてしまいなさい。彼への愛情を捨てる覚悟を決めてすべてを聞くか、彼の後ろ暗いこともまとめて全部受け入れるかの、どちらかよ」

ジルコニアが言うと、ティティスは小さく笑った。

「何で笑うの？」

「いえ、あまりにもジルコニア様がいい人なので、つい」

「……私が言うのもなんだけど、大切な友達を殺した憎い相手をいい人だなんて、言うべきじゃないと思うわ」

「私は、ジルコニア様を憎んではいませんよ」

ティティスが疲れた笑みをジルコニアに向ける。

「私はただ、彼女が……アーシャさんが死ななければならなかった理由を知りたかっただけです。それに関しては、納得できましたので」

「納得できたから、仕方がないって割り切るってこと？」

「はい。そうしなければならない理由があってのことですし、少なくとも、私がジルコニア様を憎むのはお門違いですから」

「そう。でも、ちょっと信じられないわね」

「信じていただけるように、今後努力いたします」

「……はあ」

ジルコニアが疲れたため息を漏らす。

「何か？」

「あなたと話してると、カズラさんと話してる気がしてくるわ。少しだけだけど」

「グレイシオール様と、私が似ているのですか？」

きょとんとした顔になるティティスに、ジルコニアが頷く。

「心情的には納得しにくくても、全体を客観視して理解できれば我慢して納得するわけでしょ？　だから、普通なら感情的になるはずのことでも、そうしない。そこが少し似てるのよ」

「は、はあ」

困惑顔のティティスに、ジルコニアがもう一度ため息をつく。

そして、バルベール兵に混じって薪を運んでいるラースへと目を向けた。

彼は不貞腐れた顔で、一抱えもある薪の束を片手で運び、薪が積まれている場所にぞんざいに投げつけた。

傍にいるラッカが何やら声をかけると、ラースの「うるせえな！」という怒声がここにまで微かに響いてきた。

「あの脳筋みたいに、もう少し単純になったほうが楽なんじゃない？　あなたみたいな生きかたは、すごく疲れると思うんだけど」

「これが私ですので。今さら、性格は変えられません」

ティティスが少し笑い、ラースに目を向ける。

「ラースさんは、腹を割って話せば分かってくれる人です。アーシャさんのことは仕方がなかったと、私から話しておきますから」

「別にそんなことしなくていいわよ。また決闘しろって言ってきたら、足腰立たなくなるまでボコボコにしてやるだけだから」

「暗殺されるかも、とは考えないのですか？　人を使って闇討ちしたり、毒を盛られるかもしれませんよ？」

ティティスが言うと、ジルコニアは少し考えてから口を開いた。

「……その時は、仕方がないと諦めるわ。自分の番が回ってきただけってことよ。殺されるのはごめんだけど」

ジルコニアが言うと、ティティスは再びくすっと笑った。

「何が面白いの？」

「いえ。ラースさんには絶対にそんなことはしないようにと私が言っておきますから、安心してください」

「ふうん。でも、言ったからって聞くかしら？」

「もしそんなことをしたら詫びとして私が自害すると、カイレン様のいるところで伝えますので」

「はあ？　どうしてあなたがそこまでするわけ？」

「ジルコニア様に何かあったら、カズラ様は激怒するはずですから。どのみち、私たちは全員皆殺しでしょう。自害するか、あの兵器で国ごと焼き尽くされるかの違いしかありません」

「……そう」

――……命が惜しくなるなんて、思わなかったな。

作業を続ける兵士たちを眺めながら、ジルコニアはぼんやりと考える。

1年前の今頃までは、仇討ちを果たすことができた後は、自分も家族の下へと逝くつもりだった。

両親や妹の眠る故郷の墓の前で、ひっそりと命を終わらせようと考えていたのだ。

それがいつの間にか、もっと皆と一緒にいたい、皆の笑顔を見ていたいと思うようになっていた。

——これが終わったら、どうしようかな。私はどうしたいんだろう。

ジルコニアがそんなことを考えていると、一良《かずら》が階段を上がって来た。

「ジルコニアさん、リーゼから無線連絡が来ましたよ」

「あら、ずいぶんと早かったですね」

ジルコニアが振り返り、一良《かずら》に笑顔を向ける。

「講和交渉はどうなりました？」

「元老院は全面的にこっちの条件を受け入れたそうです。プロティアにはムディアから伝令が出されて、エルタイルにはアイザックさんが伝えることになっています」

「ということは、バルベールとの戦争は終結ってことですか」

「そうなりますね」

ティティスがほっとした顔になる。

バルベールはこれから苦難の道を歩むことにはなるが、国は存続され虐殺は回避された。彼らが置かれていた状況を考えれば、最良の結果を迎えることができたのだ。

「でも、予想外なこともあって」

「予想外？　何があったんです？」

ジルコニアが聞くと、一良《かずら》は少し嬉しそうな顔になった。

「アロンドさんが、蛮族の……部族同盟の使者として姿を見せたらしいんです」

「……アロンドが？」

ジルコニアの表情が一転して険しいものになる。

「はい。彼らの要求は、バルベールの北部地域の支配権と、それを引き換えにしたこれ以上の侵攻の停止……つまりは講和ですね」

「元老院は、その条件を呑んだんですか？」

「まだ議論中みたいです。要求された領土がかなり広くて承諾しかねるとかで。折衷案を模索したいと、彼らに交渉を要求するみたいです」

「でも、それって建前ですよね？　交渉で時間を稼いでる間に態勢を整えて、蛮族を撃退する腹積もりなんじゃないですか？」

「だと思います。でもまあ、バルベールはこちらに従属するかたちになりましたし、部族同盟もこちらがバルベールと組んだ以上は下手に手を出せないんじゃないですかね」

「かもしれませんね。で、アロンドの身柄は拘束したんですか？」

ジルコニアが真剣な表情で聞く。

「拘束はしてませんが、首都の議場で交渉を続けているみたいです。それとですね、アロンドさん、マリーさんのお母さんを保護していて、一緒に首都に来てるみたいなんですよ」

一良《かずら》の言葉に、ジルコニアが驚いて目を見開いた。

「そのことを、マリーは知ってるんですか？」

「いえ、まだ伝えてません。俺もさっき、ナルソンさんから聞いたばかりなので」

「……そうですか。うーん」

唸るジルコニアに、一良《かずら》が小首を傾げる。

「どうしたんです？」

「いえ、ずいぶんと用意がいいなと思って。こちらの……カズラさんの信用を得るために用意していたように思えて」

「ええと……俺の心証を良くするために、マリーさんのお母さんをあらかじめ探し出して亡命したってことですか？」

「はい」

「なら、それこそ最初からアルカディアのために動いてたってことじゃないですか。俺たちに信用してもらうにしても、こっちに戻るつもりがなかったら、そんなことしないでしょう？」

「戦況がどちらに転んでも、自分が助かる道を残しておくためだとしたら？」

ジルコニアの意見に、一良《かずら》が困惑顔になる。

「バルベールが優勢なら、彼はそのままバルベールに残ったはずです。でも、そうはならなかったから蛮族領に逃げ込んだ。ところが、今度は同盟国が圧勝しているって情報を掴んで、ならばと保険に用意していたマリーの母親を持ち出して、交渉の場に現れたのかもしれません」

「う、うーん……でもそれって、リーゼたちがバルベールの首都にいることを知らないとおかしいですよ」

一良《かずら》が困り顔で言う。

「時間的にも距離的にも、アロンドさんがそれを知ってるわけがないじゃないですか。リーゼが首都に到着する日時を正確に知っていて初めて成立する話ですよ」

「う……確かにそうですね」

「でしょう？　そうなると、わざわざマリーさんの母親を首都に連れて来た理由は1つじゃないですか」

「……蛮族とバルベールの講和交渉ついでに、自分がアルカディアとも交渉する、とバルベールに申し出に行ったってことですか？」

「ええ。それなら、俺の信用を得るためにマリーさんの母親も一緒に連れて来たって話は筋が通ると……あれ？　それだとアロンドさん、普通に考えて元老院に処刑されるって思いますよね。裏切り者を信用できるかって」

「……うーん」

一良《かずら》が首を傾げ、ジルコニアも腕組みして頭を捻る。

もし一良《かずら》の言っているとおりだとすると、アロンドは今起こっているすべての戦争を一気に終わらせようと考えていることになる。

だが、彼の持ち得る情報だけで、そのような大それた計画を立てるだろうか。

蛮族をけしかけてバルベールを弱らせ、それに乗じて同盟国とバルベールの戦争を終わらせようとした、というのは、今までの経緯から分からないでもない。

だがそれなら、のこのことバルベール首都に出向いた理由がよく分からない。

一良《かずら》の言うように、元老院が彼のことを許すはずがなく、裏切り者として処刑されると考えるのが普通だ。

なぜアロンドは、直接アルカディアに来ようとせずに、殺される危険を冒してまでバルベール首都に現れたのだろうか。

「あー、ダメ。ぜんっぜん分からない。頭が熱くなってきた」

「俺も、何が何だかよく分からなくなってきました……」

「ティティス、今のを聞いてて、何か分からない？」

黙って話を聞いていたティティスに、ジルコニアが話を振る。

「えっ？　わ、分かりませんが」

「もう！　頭のよさそうな顔してるんだから、何か思いつきなさいよ！」

「ええ……何ですか、その無茶振りは。それよりも、その……」

ティティスが困惑顔で言葉を続ける。

「マリー様はリブラシオール様なのですよね？　今のお話は、いったいどういうことなのでしょうか？」

「……」

「……」

もっともな指摘に、一良《かずら》とジルコニアが黙り込む。

予想外のビッグニュースに、2人ともその設定を完全に忘れてしまっていた。

「あー、えっと……リブラシオールはマリーさんの肉体に憑依している状態でして。言わば、体を間借りしている状態なんですよ」

「ひょ、憑依？　そんなこともできるのですか？」

思いつきで適当な説明をする一良《かずら》に、ティティスが目を剥く。

「できます、できます。そんな感じなんで、マリーさんは時々体からリブラシオールが抜けて素に戻ったりもするんで、その時はそっとしておいてあげてください」

「は、はあ。承知いたしました」

納得した様子のティティス。

ジルコニアはほっと息をつき、一良《かずら》の肩を組んでティティスから少し離れた。

「カズラさん、バレッタならもしかしたら分かるかもですよ。ちょっと推理してもらいません？」

「あ、それはいいですね。にしても、うっかりしてた……はあ、危ない」

そうして、一良《かずら》たちはバレッタの下へと向かった。

そして彼女に一連のことを説明し、「どういうこと？」と聞いてみたのだが、「私に聞かれても……」と困り顔で言われたのだった。


その頃、バルベール首都バーラルの議場では、アロンドが元老院議員たちに講和を訴えていた。

アロンドの隣には、彼が取り入っている部族の族長の娘であるウズナが、険しい顔で黙り込んでいる。

2人から一歩下がったところでは、マリーの母親であるリスティルが、不安げな顔でたたずんでいた。

ウズナについては先ほどアロンドが紹介し、リスティルについては従者だと説明していた。

「部族同盟は、これ以上の戦闘は望んでおりません。彼らが求めているのは安住の地であり、殺戮ではないのです」

「……アロンド補佐官。いや、もう補佐官ではないか」

座って腕組みしていたカイレンが、アロンドに話しかける。

カイレンがアロンドに会うのは、今は亡きヴォラスに紹介された時以来だ。

「我らを裏切り、蛮族の手先になっていたとは……やってくれたな」

「それは少し違います。私は、アルカディアの手先ですので」

アロンドがにこりと微笑む。

「私は祖国があなたがたの侵略を撥ねのけられるよう、今まで動いてまいりました。部族同盟へ攻勢を働きかけたのも、そのためです。しかし、あなたがたの破滅を望んでいるわけではありません」

「それは、蛮族どもの総意とは違うだろう？　このバーラルを陥落せしめ、土地も人も建物も、すべてを手に入れるつもりでは？」

「そう気張っている者たちも確かにいます。しかし、理性的な思考の持ち主もいるのです。私を庇護してくださっている、ゲルドン様がその筆頭です」

「理性的、か。和平協定を破って大攻勢をかけ、数多くの街を住人ごと蹂躙しておいてよく言えるな」

「中部より東の街については、そういったことがあったことは承知しています。しかし、我が主ゲルドン様の統制の利いている地域では、誓ってそのような真似はしておりません」

「中部より東？　撤退してきた守備軍の話だと、北の中部地域でもいくつも村落が焼き討ちに遭ったと聞いているぞ」

議員の1人が、カイレンたちの話に口を挟む。

「ですから、それはゲルドン様の統制外の者たちが勝手に行ったことで――」

アロンドの言葉を、ウズナは黙って聞きながら議員たちを見渡した。

彼らの視線は敵意に満ちたものであり、とてもアロンドの話を受け入れるような雰囲気ではない。

それに、とウズナは考える。

――アロンドの奴、本当にこんな話をするために、ここに来たの？

彼女の知るアロンドは、絶対に成功すると確信を得るまで、行動に移さない男だ。

周到に準備をし、失敗した場合にも別案を用意したうえで行動する人物だと、ウズナは思っている。

自分たちのところに転がり込んで来た時は危うく殺されかけるという博打はしたが、それでもゲルドンが納得するに十分な情報を持ってのことだった。

だが、今の彼は、表情こそは余裕たっぷりに見えるものの、やっていることは完全に綱渡りだ。

提案を突っぱねられて反逆者として殺されてもおかしくない状況になっており、それを回避するための情報が何かあるのかと思えばそうでもなさそうに見える。

いったい彼が何を考えているのか、ウズナにはまったく分からなかった。

「カイレン執政官、そう虐めるものではありませんよ」

アロンドを睨みつけているカイレンに、エイヴァーが柔和な表情で話しかける。

「条件はともかく、講和というのは検討に値します。現に我らは、彼らに手痛く打ち負かされていますし」

「エイヴァー執政官、腑抜けたことを言わないでいただきたい。彼らは、祖先が血を流して手に入れた土地を明け渡せと言っているのですよ」

「それはそうですが、このまま戦うというのは、我らにとって被害が大きすぎます。この辺りで手打ちというのも、ありではないかと」

「何を言うのですか！　好き勝手やられて、このまま――」

カイレンとエイヴァーが言い合いを始める。

それに合わせて、議員たちもやいのやいの騒ぎ始めた。

もちろんこれは、カイレンや議員たちがわざとやっていることだ。

意見が割れているので蛮族側の要求を丸々受けることはとてもできない、双方が納得する着地点を模索しよう、と提案する下準備である。

バルベール側は領地を明け渡して講和する気など欠片もないので、可能な限り時間を稼ぐことが目的だ。

ムディアにいる本隊が帰還し、同盟国軍の支援が行われるとなれば、万が一にも敗れることはないからだ。

「ねえ、ハベル様」

「はい」

　窓辺でそれを見ていたリーゼが、ハベルに話しかける。

　険しい表情でアロンドをじっと見つめていたハベルが、リーゼに顔を向けた。

「アロンド、何か様子が変じゃないですか？」

「変、というと？」

「あの提案、行き当たりばったりに思えます。まるで考えなしで飛び込んできたように見えるのですが」

　リーゼが言うと、ハベルは怪訝《けげん》な顔になった。

「そうですか？　ごく普通の交渉に見えますが」

「えー……」

　リーゼが呆れ顔でハベルを見る。

「そ、そんな目で見ないでください。本当に分からないんですから」

「だって、もし私たちがこの場にいなければ、あんな講和提案は簡単に突っぱねられて、返事の代わりに生首を送り返されるような内容じゃないですか」

「そうなのですか？　仮にも使者なのですし、そこまでするなんてことは……」

「状況を考えてみてください。アロンドは、バルベールを裏切って蛮族領に逃げ込み、和平協定を破って全面攻勢をかけさせたんですよ？　普通に考えて、その張本人が姿を現して無事で済むわけがないじゃないですか」

「ですが、それでも兄上を処刑したら、交渉の余地なくこのまま戦闘継続になると議員たちは考えるのでは。私たちがいなかったとしても、今やっているように時間稼ぎのために利用するかと」

「この鉄壁を誇る首都が健在なのに？　バルベールがそんな弱気な真似をするなんて、私がアロンドなら考えないと思います」

「そ、そうですか……うーん」

「皆様の考えは分かりました」

リーゼとハベルが小声で話していると、カイレンが議員たちに声をかけた。

それまで騒いでいた議員たちが、即座に静まり返る。

「現状、確かにこれ以上の戦いは双方にとって不利益でしょう。しかし、彼らの要求はあまりにも度が過ぎている」

「北部地域の割譲というのは、さすがに承服しかねますね。講和を結ぶにしても、今一度蛮族側には条件の緩和を要求しましょう」

エイヴァーがカイレンに続く。

「アロンド殿にはいったんあちらに戻っていただいて、条件をまとめ直してもらうというのではいかがでしょうか？」

エイヴァーの意見に、議員たちが「異議なし」と声を上げる。

カイレンは頷き、アロンドに目を向けた。

「聞いてのとおりだ。それでよろしいか？」

「承知いたしました。差し当たって、1つお願いがございます」

「何だ？」

「こちらの者、名をリスティルというのですが、彼女をそこにおられるリーゼ様に引き渡させていただきたいのです」

アロンドがリーゼに目を向ける。

彼の隣にいたウズナが、驚いた目を彼に向けた。

「リーゼ様、おひさしぶりでございます」

「……ええ。一年以上ぶりですね」

険しい表情のリーゼにアロンドは微笑む。

「リーゼ様。彼女を連れて帰っていただけませんでしょうか」

「私はかまいませんが……」

リーゼがカイレンに目を向ける。

カイレンはそれに気づくと、「好きにしろ」といったように両手を広げてみせた。

もとより、彼らはリーゼに逆らうことはできないのだ。

アロンドはほっとした様子で微笑むと、リスティルを引き寄せ抱き締めた。

「今まで、苦労をかけたね。マリーに、俺が今までのことを詫びていたと伝えてくれ」

「アロンド様……」

「向こうに戻ったら、ナルソン様に俺を指名して講和交渉の席を設けるようにお願いしてくれ」

後の言葉は彼女にだけ聞こえる声量でアロンドは言い、リスティルから離れた。

「……では、連れ帰らせてもらいます。リスティルさん、こちらへ」

リーゼが言うと、リスティルは不安げな顔をアロンドに向けた。

そんな彼女に、アロンドが微笑む。

「ほら、行きなさい」

「は、はい」

アロンドに背を押され、リスティルがリーゼの下へと進みだす。

しかし、数歩歩いたところで、アロンドに振り返った。

その瞳からは、ぽろぽろと涙が零れていた。

「アロンド様っ、このご恩は、生涯忘れませんっ」

涙で顔をくしゃくしゃにしているリスティルに、アロンドが苦笑する。

「いやいや。今まで俺がしてきたことを考えれば、恩なんて感じる必要はないよ」

アロンドがリスティルに優しく語りかける。

事情を知らないウズナやカイレンたちは、何の話だと困惑顔だ。

「マリーのことは、本当にすまなかった。バカなことをしたと、ずっと後悔してるんだ」

「いいえ、いいえ！　アロンド様の立場を考えれば、当たり前のことです！」

「いいや、どう考えても悪いのは俺だ。本当に、お前にもマリーにも、悪いことをした」

「アロンド様……」

「さあ、行きなさい。今まで離れ離れだった分、これからはマリーと一緒に幸せに暮らすんだよ」

「……はいっ」

リスティルは頷くと、再びリーゼたちの下へと歩き出した。

2人のやり取りを見ていたハベルは、唖然とした顔になっている。

「……いったい、何がどうなってるんでしょうか」

「よく分かりませんが……まあ、マリーがお母さんに再会できるようでよかったです」

話しているハベルとリーゼの下に、リスティルが階段を上がってやって来た。

リスティルはリーゼに深々と礼をすると顔を上げ、ハベルににこりと微笑んだ。

「ハベル様、おひさしぶりでございます」

「ああ。こんなところでまた会えるなんて……まさか、兄上と一緒にいたとは」

「はい。お屋敷を出てから、私は――」

リスティルが今までの経緯を、ハベルに話す。

ハベルの父、ノールに病気がちなのを理由に売り飛ばされた後、グレゴリアの豪商のところで使用人をしていたこと。

今から1年と少し前に、街なかで「偶然」アロンドと再会し、彼が豪商に直談判して自分を買い取ってくれたこと。

彼にノールの反逆の件を説明され、このままだとアロンドの身だけでなく、昔ノールに仕えていたリスティルにも危険が及ぶかもしれないと聞かされたこと。

生き延びるため、そして汚名を返上し、祖国を救うために力を貸してくれと頼まれ、彼に連れられて船でバルベールへと向かったこと。

それから彼がバルベールを裏切って蛮族の下へと向かって今に至るまで、彼の従者として付き従っていたことを話した。

「アロンド様は、アルカディアのために命を賭けた真の忠臣でございます。リーゼ様。どうか、寛大なご配慮をお願いいたします」

「事情は分かりました。アルカディアに戻った後、今の話をもう一度、お父様にしてください。私からも口添えはしますから」

「はい！」

リーゼの言葉に、リスティルが嬉しそうに微笑む。

そして、リーゼはカイレンに目を向けた。

「カイレン執政官。彼を帰す前に、私たちだけで話す場を設けさせていただきます。ここの屋上を使わせてください」

「承知しました」

カイレンは頷くと、警備の兵に指示を出してアロンドの下に向かわせた。

建物の中を見せるつもりはないようで、来る時に被せていた布袋を被せるようだ。

「ハベル様。ここで彼女と待っていてください。少ししたら戻ります」

「はっ。ですが、私もご一緒したほうが……」

「喧嘩でもされたら面倒です。ここで大人しく待っていてください」

リーゼにぴしゃりと言われ、ハベルが頷く。

「おい、アロンド！」

リーゼが階段を下り始めると、布袋を被せられようとしているアロンドにウズナが声をかけた。

布袋を持っている兵士が、手を止める。

「あんた、私たちを裏切るつもりじゃないだろうね⁉　爺さんたちがあっちに残ってるのを、忘れるんじゃないよ!?」

　焦った様子で言うウズナ。

　アロンドは、そんな彼女に微笑んだ。

「そんなことしないって。大丈夫だから、俺を信じて待っていてくれ」

「……本当だね？　嘘だったら、殺してやるから」

「うん。その時は、素直に殺されるさ」

「そ、その時はって」

「冗談だよ。大丈夫、俺はキミを裏切ったりなんてしない」

「……分かった。あんまり時間かけないでよ」

　言い切るアロンドに、ウズナが渋々といった様子で頷く。

　話が終わったとみて、兵士がアロンドに布袋を被せた。

　——……完全にたらしこんでるじゃん。

　まさか族長の娘をたらしこむとはとリーゼは感心しながら、アロンドの下へと向かうのだった。


　数分後。

　リーゼはイクシオスとマクレガーを伴って、議場の屋上へとやって来ていた。

兵士がアロンドの顔から布袋を取り、階段へと戻る。

「やれやれ、どうにか殺されずに済みました。リーゼ様がいらしてくださったおかげですね」

アロンドが人の良さそうな笑みをリーゼに向ける。

「それにしても、同盟国がバルベールと講和を結んでいたとは驚きました。経緯をお聞きしてもよろしいでしょうか？」

「その前に、聞きたいことがあります」

リーゼが厳しい表情をアロンドに向ける。

「お父様に何も言わず、どうして姿をくらましたのですか？」

「それは、父の謀反が理由です」

柔らかい表情のまま、アロンドが答える。

「リーゼ様もご存知かとは思いますが、父のノールは何年も前からバルベールと通じておりました。私にも一緒にバルベールへ亡命するようにと命じられましたが、大恩のあるイステール家を裏切ることなど、私にはとてもできませんでした」

「だから、バルベールに潜入して我が国が有利になるように動いていたと？」

「はい。それに、もし父に従ったとしても、バルベールでは祖国を裏切った卑怯者と言われ続けたでしょう。そんな不名誉、私には耐えられませんので」

「なら、どうしてノールの裏切りを事前に報告しなかったのですか？」

「我が国での謀反の罪は連座制ですので。報告したとしても、良くて幽閉、下手をすれば一族郎党処刑です。ならばいっそ、賭けに出てみようと思ったのです」

すらすらと話すアロンドに、リーゼが顔をしかめる。

「それなら、姿をくらます前に手紙などでノールの裏切りを報告するべきだったのでは？」

「それも考えましたが、もしそれで父を取り逃がした場合、父は情報の出どころが私かハベルだと考えたでしょう。そうなれば、父を仕留める機会を逸してしまうと考えました」

「……というと、バルベールでノールと会ったら、彼を殺すつもりだったんですか？」

「説得するつもりではいましたが、理解してもらえなければそうするつもりでした」

「苦しい言い訳だな」

すると、黙って話を聞いていたイクシオスが口を開いた。

「お前はイステリアの西の森で、ノールと落ち合うことになっていたのだろう？　そこに姿を現さなかったのだから、ノールはお前が裏切ったと考えるとは思わなかったのか？」

「イクシオス様、それは違います。父には、私は先にグレゴルン領に向かうと伝えておりましたので」

「ほう？　あいつはそんなことは言っていなかったぞ」

イクシオスが鋭い目でアロンドを見る。

ノールは森で殺害されてしまったため、何も聞き出せていない。

　これは、イクシオスの即興のブラフだ。

「ノールは森でお前と合流する予定だったが、現れなかったと言っていた。どういうことか説明してみろ」

「……父は死んだのですね」

　アロンドが表情を曇らせる。

　実のところ、彼は今は亡き元執政官のヴォラスからノールの死を知らされていたのだが、その表情は誰が見ても「今知った」というものだ。

「いいや、違う。ノールはイステリアで幽閉されているぞ。バルベールの者から死んだと聞かされているのなら、それはこちらが流した偽情報だ」

「そんなはずはありません。私は確かに、父に伝えてからグレゴルン領へと向かいました」

　アロンドが真剣な表情でイクシオスを見る。

「もし父が生きていてすべての情報を吐いたのなら、イクシオス様は私にそんな質問をする意味がありません」

「ふむ。よくもまあ、スラスラと嘘が出てくるものだな」

「アロンドよ。お前の言っていることは、一見して論理立っては聞こえるが、ところどころ穴だらけだぞ」

　マクレガーがイクシオスに続く。

「というと？」

「ハナからバルベールを裏切るつもりなら、どうして水車や製粉機などの設計図を持ち出したのだ。我が国に不利になる情報を、あえて連中に渡す必要などなかろう」

「それは、私が彼らの信用を得るために、どうしても設計図が必要だったからです」

「そんなことはないだろう。ノールの話では、貴様らがバルベールに亡命することは、連中も承知していたとのことだったぞ。あえて設計図をくれてやる必要などないではないか」

「手ぶらで亡命するのと、価値の高い情報を手土産にするのとでは、彼らの印象が大きく変わります。彼らの中枢に潜り込み、絶対の信用を得る必要があったのです」

「……アロンド、正直に答えなさい。あなたが彼らに渡した設計図は、何なのですか？」

リーゼがアロンドに尋ねる。

「唐箕《とうみ》、製粉機、スクリュープレスの3つです」

「どうして、その3つだけを渡したのですか？」

「理由は2つ。1つは、軍事的に流用が利きにくいものだからということ。もう1つは、それらはすでに彼らが情報を得ている可能性のある機械だったからです。製粉機についてはバルベールの財政を大幅に改善させてしまうものでしたが、私が功績を得るためにはどうしても必要だったのです」

「あなたは、他にも設計図を持ち出しましたよね？　それらはどうしたのですか？」

「鉱石粉砕機とハーネスの設計図は、持ち出した後ですぐに焼却処分しました。軍事的価値が、途方もなく高いものでしたので」

「処分してしまうのに、どうして盗み出したのですか？」

「私は、アルカディアも欺く必要があったのです。重要な設計図が盗まれて裏切りが確実だとナルソン様が判断すれば、私のことを血眼になって探すでしょう？　国内にいるバルベールの間者《かんじゃ》がその事実を伝えれば、私がアルカディアの工作員であるという疑念は解消されます」

しかし、とアロンドが続ける。

「国境沿いの砦が陥落したと聞いた時は、正直かなり焦りました。しかも、カイレン将軍が砦で鹵獲した水車、製粉機、荷揚げ装置の現物をここに持ってきたんです」

議事堂で初めてカイレンと顔を合わせた時のことを、アロンドが話す。

「砦が奇襲され、たった1日で陥落するとはまったくの想定外でした。このままでは自分が計画を実行する前に形勢が完全にバルベールに傾いてしまうと考え、蛮族領へと向かう前に議員たちからの信頼を完璧にするため、内政業務に力を入れすぎてしまって……結果的に、バルベールの内政事情を良くしすぎてしまいました」

「そう……ですか」

つらつらと答えるアロンドに、リーゼが少し考え込む。

彼の言っていることが本当かどうかは、後でカイレンに聞けば答え合わせができる。

アロンドもそれは分かっているはずなので、言っていることは真実なのだろう。

もしくは、いくらかの嘘が混ざっているかだ。

——とりあえずは矛盾はない、か。でも、ノールが死んでるのを知らなかったっていうのは嘘だね。目の動かしかたが作りものだったし。

そうリーゼは思いながら、かねてからアロンドに会ったら聞こうと考えていたことを、今聞くことにした。

「なるほど。納得できました」

硬い表情を崩して微笑むリーゼに、アロンドがほっとした顔になる。

「でも、あと２つだけ聞かせてください」

「はい、なんなりと」

「どうして、バレッタを口説くような真似をしたのですか？」

リーゼが言うと、アロンドの眉がわずかに動いた。

「かなりしつこく口説かれて参ったと、バレッタから聞いています。あの時は、あなたはもうバルベールへ亡命する算段は付いていたはず。なのに、どうしてそんな真似を？」

「……参ったな」

アロンドがため息をつき、頭を掻く。

それを見て怪訝な顔になるリーゼに、アロンドは「失礼しました」と姿勢を戻した。

「きっと呆れると思うのですが……」

「いいから答えなさい」

ぴしゃりと言うリーゼに、アロンドは諦めた顔になった。

「彼女と一緒に仕事をするようになった当初、私は、彼女がバルベールの手の者ではと勘ぐっていました」

「……はあ？」

顔をしかめるリーゼに、アロンドが苦笑する。

「考えてもみてください。彼女がイステリアにやって来てから、今まで見たこともないような機械や道具が大量に作られ始めたんですよ？　私と同じようなやり方で、イステール領の中枢に潜り込むために送り込まれた者ではと考えたんです」

「信用を得るために、バルベールがあえていろいろな機械の作り方を教えてまで、こちらの内部情報を探ろうとしたと？」

「その可能性もゼロではないと考えたんです。もしも彼女がバルベールの手の者なら、私のような立場にある者に口説かれれば、情報を得るために乗って来るかと考えました」

「でも、断られたんでしょう？　それでもしつこく口説き続けた理由は？」

リーゼの指摘に、アロンドはバツの悪そうな顔になった。

「ええと……私は、彼女がカズラ様に固執するのは、クレイラッツの要人であるカズラ様を虜にすれば、アルカディアにいながらクレイラッツの情報も知ることができるからだと考えました」

言葉を選ぶようにしながら、アロンドが語る。

「しかし、カズラ様にはリーゼ様という魅力的な婚約者がいて、攻略はどう考えても不可能です。なので、それを分からせれば、グレゴルン領と関わりの深い私に乗り換えるかもと考えてのことだったのですが、その……悔しくて」

「こ、婚約……じゃなくて、悔しい、とは？」

思わず頬が緩んだリーゼが、表情を引き締めて問い直す。

「お恥ずかしい話ですが、半ば彼女に惚れてしまったんです」

アロンドが気恥ずかしそうに笑う。

「探る途中で、彼女の話しぶりから彼女が工作員だという疑いはほぼ晴れていました。ですが、あまりにもはっきりと拒否されて、頭に血が上ってしまって」

「つまりは、バレッタがシロだと半ば判明していたのに、私情で言い寄っていたってことですか？　完璧に振られて、プライドが傷ついたから？」

「すべてが私情というわけではありませんでしたが……あそこまで女性にこっぴどく拒否されたことは、初めてだったもので」

「カズラをバカにしたのはどうして？」

「彼女の反応を確かめたんです。結果として、涙を浮かべるほどに激怒してくれましたので、その時点で完全に疑いは晴れました」

「……そのために、カズラをバカにしてバレッタを泣かせたってわけ？」

リーゼがプルプルと拳を震わせる。

アロンドはそれに気づかず、気恥ずかしげに頭を掻いた。

「はい。彼女には本当に申し訳ないことぐほっ⁉」

アロンドが最後まで言い切る前に、リーゼのボディーブローがアロンドの腹に直撃した。

腹を押さえ、口から涎を垂らして両膝を地につける彼を、リーゼが修羅の形相で睨みつける。

突然の出来事に、イクシオスとマクレガーは唖然とした顔になっていた。

リーゼが片膝をついてアロンドの髪を掴み、ぐい、と顔を上げさせた。

数センチの距離まで、顔を近づける。

「理由は分かったけど、カズラをバカにしたのと、バレッタを傷付けたのは許せないわ。今のはその罰だと思いなさい」

「ぐ……しょ、承知んごっ⁉」

アロンドが答えきる前に、今度はその額にリーゼの強烈な頭突きが炸裂した。

アロンドが吹っ飛んで倒れ込み、額と腹を押さえて悶絶する。

本気でやると確実に殺してしまうため、頭突きもボディーブローも、かなり手加減したものだ。

その拍子に彼の上着がはだけて、ズボンのベルトがのぞいた。

ベルトの隙間にキラリと光るものが見え、リーゼが怪訝な顔になる。

「……今のは私のぶんよ。後で、バレッタとエイラとお母様からも一発ずつ貰いなさい。分かった？」

「あ、が、が……」

「お、おい、額が裂けてるぞ。大丈夫か？」

「リーゼ様、いくらなんでもやりすぎでは……」

額から血を流して呻《うめ》くアロンドに、イクシオスとマクレガーが歩み寄る。

「これでも自制したんです。本当なら、指の一本でも引き千切ってやりたいところなんだから」

リーゼが立ち上がり、ふん、と鼻を鳴らす。

「マクレガー。彼のズボンのベルトを外しなさい」

「は？　……ま、まさか、こやつのモノを切り取るのですか？」

「そんなことしないわよ。まあ、してもいいとは思うけど。ほら、早く」

戦慄した様子で言うマクレガーに、リーゼは冷たい表情のまま指示する。

マクレガーは困惑しながらも、アロンドのズボンのベルトに手をかけた。

「いったい何を……ん？　これは」

ベルトの中に仕込まれていた小さなナイフを見つけ、マクレガーが取り出した。

「仕込みナイフか。そうか、読めたぞ」

見ていたイクシオスが顔をしかめ、アロンドに鋭い目を向ける。

「アロンド。貴様、これを使って議員たちの前で族長の娘を殺すつもりだったのだな？　ウズナといったか」

イクシオスの言葉に、アロンドが額と腹を押さえながらも彼を見上げた。

「もしあの場に我らがいなかったら、そうでもしなくては議員たちの信用を得ることはできなかっただろう。あの場で娘を殺し、自分は蛮族の手先ではないと証明するつもりだったのだな？」

「ぐ……ご、ご明察です」

何とか立ち上がり、ふらつきながら答えるアロンド。

リーゼはあからさまに不快な表情になった。

マクレガーも、険しい顔つきになっている。

「彼女はあなたを信頼しているように、私には見えました。そんな彼女を殺すつもりだったのですか？」

「いえ、予定では戦士長が同伴するはずだったのですが、直前になって彼女が代わりに同伴すると言って、付いて来てしまって。ですが、リーゼ様とお会いできて、殺さずに済みました」

「自分を信頼して好意を寄せている女性を、よく殺す気になれますね。それに、そんなことをしたら、あちらに残っているあなたの付き人は殺されてしまうではないですか。あなたを信じて、ここまで付いてきてくれたのでしょう？」

「優先順位を考えれば、仕方のないことです。優先すべき目的を達成するためなら、他は切り捨てるしかありません」

当然といった表情で、ハベルと同じような物言いをするアロンド。

やはり兄弟だなと、リーゼはため息をつくのだった。

その頃、一良《かずら》はバレッタ、ジルコニア、エイラ、マリーと一緒に、馬車でムディアの街なかにある総督邸に向かっていた。

今のところ特に何もすることがないので、他国の街並みを見学しようと一良《かずら》がバレッタを誘ったのだ。

ジルコニアは、ムディア見物に行ってくると言ったら「私も行きます！」と付いてきた。

マリーは侍女服に着替え済みだ。

リブラシオールの演技については、一良《かずら》はバレッタとジルコニアから先ほど聞かされた。

周囲を近衛兵に守られ、石畳を車輪が叩くガラガラという音を聞きながら街なかを進む。

「カズラ様、本当に申し訳ございませんでした……」

座ったままの姿勢で腰を90度に折り、マリーが平謝りする。

一連の事情を聞いてからずっと、この調子だ。

「いやいや、自分の立場も考えなかった俺が悪かったんで。マリーさんは何も悪くないですよ。顔を上げてください」

「で、でも、カズラ様にあんな言いかたを……あうう」

その時のことを思い出して、マリーが自分の頭にゴッゴッとゲンコツをする。

「マリーちゃん、ごめんね。嫌な思いさせちゃったよね……」

「い、いえ！　バレッタ様、私はだいじょう……だいじょばなくもないですけど、大丈夫ですので！」

「ふふ。でも、すごく上手だったわよ？　あなた、役者になれるんじゃない？」

「あうう……」

茶化すジルコニアに、マリーは涙目だ。

ジルコニアはそれが面白いのか、クスクスと笑っている。

「あはは……あっ、皆様、外を見てください！　すごい街並みですよ！」

エイラが気を利かせて、窓の外に目を向ける。

大通りの両脇には背の高い石造りの建物がいくつも並び、それらは商店のようだ。

そのどれもが小奇麗で、古臭いものは１つもない。

平時ならば、さぞかし活気のあることだろう。

「おお、これはすごいですね……イステリアよりも、数段立派な街並みだ」

窓から顔をのぞかせた一良《かずら》が、圧倒された様子で言う。

「ほんとですね。お金あるんだなぁ……」

一良《かずら》と顔を並べて外を眺め、バレッタも感心している。

さすがは国内最大の穀倉地帯を有する街、といったところだろうか。

人々の外出は禁止されていて、通りを歩く市民の姿はない。

だが、道を進む一良《かずら》たちを、２階や３階の窓からこっそりとのぞき見ている市民の姿がちらほらと見られた。

皆が一様に不安げな顔をしている。

「クレイラッツ軍が占領してから、もうずいぶんと経ちますよね。毎日こんな状態なんだろうか」

「買い物とか、ゴミ捨てのための外出は認められているみたいですよ」

「まあ、それくらいはできないと生活に支障が出ますもんね」

一良《かずら》はそう言ったところで、ふと疑問が頭に浮かんだ。

「そういえば、街で出たゴミってどうやって処理してるんですかね？　イステリアと同じやりかたかな?」

「そうみたいです。専門の業者さんがいるみたいで、可燃ゴミはまとめて焼却処分して、不燃ゴミは再利用できるものは回収してるみたいですね。汚物は早朝に業者が各家庭を回収して回って、郊外に掘った穴に捨てに行ってるみたいですよ」

イステリアも公営で同じような業者が存在しているが、汚物の回収と廃棄は奴隷が行っている。

とても過酷な労働のため、それらに当たる奴隷は他の奴隷よりも若干賃金が良く住居も立派なものが用意されている。

ナルソンの意向で奴隷たちには敬意を持って接するようにと周知徹底がなされており、差別的な扱いは一切行われていない。

そのおかげか、自ら望んでそれらの職につく者も多い。

基本的にイステリアでは奴隷の待遇は良く、言葉肉体両方での虐待は厳しく禁止されているので、一般市民との関係は良好だ。

「どの国も崩れる時は足元から」というナルソンの考えが、イステリアではしっかりと反映された政策がなされている。

「バレッタさん、よく知ってますね?」

「さっき馬車を用意してもらった時に、クレイラッツの兵士さんに街のことをいろいろと聞いたんです。『もうすぐこの街は完全に俺たちのものになる』って、誇らしげでした」

「あー……ムディアはクレイラッツが割譲するって話ですもんね。自分たちの街が他国に吸収されるって、街の人たちはどう思うんだろうか」

心配そうに言う一良《かずら》に、バレッタも表情を曇らせる。

「きっと、皆不安に感じてると思います。故郷から追い出されるかもしれないし、下手をすれば奴隷として売り飛ばされるって思ってるはずです」

「だよなぁ。極力寛容な政策をするように、カーネリアンさんには言っておかないと。占領政策は最初を失敗すると、後々えらいことになりますし」

「はい。思いっきり甘くするか、これでもかっていうくらい厳しくするかの二択、ですよね？　本に書いてありました」

「あれ？　そんなことが書いてある本まで渡してましたっけ？」

「いくつかありましたよ。ただ、状況ごとに使い分けないといけないから、一概には言えないって書いてありましたけど」

「でも、私たちの国の兵士や国民が納得するかしら？」

ジルコニアが困り顔で言う。

「散々仲間や家族を殺されてきたんだから、誰も彼もが腸《はらわた》が煮えくり返ってると思う。正直、私もそうだし」

「それは……でも、怨恨より未来を見据えた政策をしないとですよ。争いの芽は、できるだけ摘んでおかないと」

一良《かずら》の言葉に、ジルコニアが「うーん」と唸《うな》る。

「でもまあ、生贄は用意したほうがいいですよ」

「生贄ですか？」

困惑顔の一良《かずら》に、ジルコニアが真剣な顔で頷く。

「ええ。例えば、11年前に国境沿いの村落や私の故郷を襲った連中です。生きてる奴は探し出して、罪を償わせましょう。ちょうどいい役回りですし、いいですよね？」

にこりと微笑むジルコニアに、一良《かずら》は気圧されるように頷く。

そんな話をしているうちに、馬車は大きな城門をくぐり、総督邸へと到着した。

総督邸は石造りの城のような外観で、周囲を立派な防壁と防御塔に囲まれている。

万が一街なかに攻め込まれた場合の、最後の砦として機能する作りのようだ。

総督邸の入口には槍を手にしたクレイラッツ兵がずらりと並び、一良《かずら》たちを待っていた。

「アルカディア王国、カズラ将軍閣下に敬礼！」

まず一良《かずら》が馬車を降りると、兵士長が声を張り上げた。

兵士たちが槍を胸の前に掲げ、ガシャン、と鎧の音が響き渡る。

「カズラ将軍閣下、お待ちしておりました！」

「え、ええ……」

満面の笑みで言う兵士長に、一良《かずら》の顔が引きつる。

バレッタも驚いた顔になっている。

「あの、私はただの文官なんで。将軍じゃないですよ」

「失礼いたしました！　閣下、宴の準備ができておりますので、どうぞこちらへ！」

「すみません、その閣下っていうのもやめてもらえると……」

「はっ！　ではカズラ様とお呼びさせていただきます！」

カーネリアンから通達されているのか、一良《かずら》への応対には非常に気を遣っている様子だ。

一応、一良《かずら》がグレイシオールであることは秘密にしているのだが、ひょっとすると重鎮たちには話が伝わっているのかもしれない。

ジルコニアにも同様に、「ジルコニア将軍閣下に敬礼！」と兵士長は声を張り上げた。

ジルコニアは慣れているのか、片手を挙げて兵士たちに応えている。

「カズラ様、そちらの女性はマリー様でしょうか？」

キョドキョドとしながら馬車から顔をのぞかせたマリーを見ながら、兵士長が一良《かずら》に小声で尋ねる。

「え？　ええ、そうですけど」

「承知いたしました。マリー様、お手を。足元にお気を付けください」

最後に馬車から出て来たマリーに、兵士長が恭しく手を差し出す。

どうやら、マリーも重鎮として扱うようにと通達されているらしい。

マリーはおろおろしながらも、彼の手を取って馬車を降りた。

「……何か、ものすごく気を遣われてますね」

「で、ですね。来ないほうがよかったかもですね……」

こそこそと話す一良《かずら》とバレッタ。

兵士長はそれには気づかず、「こちらへ」と一良《かずら》たちをうながして総督邸へと向かった。


「我らが盟友、アルカディア王国の英雄たちが参られたぞ！」

「「アルカディア王国万歳！」」

「「アルカディアとクレイラッツに永久の友情を！」」

「う、うわあ……」

正面玄関を入ってすぐ、整列した大勢の兵士が一良《かずら》たちの姿に声を張り上げる。

そして、割れんばかりの歓声が湧き起こった。

一良《かずら》たちを出迎えるため、あらかじめ準備していたようだ。

「すごい歓迎ぶりねぇ」

「な、何か恥ずかしいですね……」

にこやかに手を振るジルコニアと、圧倒されているバレッタ。

エイラとマリーも、一良《かずら》の後を付いて歩きながら気恥ずかしそうにしている。

そうしてぞろぞろと進み、階段を上って最上階の大広間の前へとやって来た。

その入口では、クレイラッツ軍の軍団長の２人が待っていた。

「皆様、ようこそおいでくださいました」

初老の軍団長が、一良《かずら》たちに深々と礼をする。

「急ぎこしらえさせたものではありますが、手に入る食材の限りでクレイラッツ料理をご用意いたしました。どうぞ、お楽しみください」

そう言いながら、彼が扉を開ける。

大きな長テーブルには数十人分はあろうかという大量の料理が並べられ、壁際にはさまざまな楽器を手にした楽師たちが並んでいた。

扉が開くと同時に優雅な音楽が奏でられ、軍団長が一良《かずら》たちを中へいざなう。

「うお、すごい料理だ……」

「と、とても食べきれませんね……」

圧倒されている一良《かずら》とバレッタ。

ジルコニアは料理を見て苦笑すると、軍団長を呼び寄せた。

「ねえ、こんなに素敵な料理を用意してくれたのは嬉しいんだけど、とても食べきれないわ。

ナルソンや他の軍団長たちも呼んで、夜まで宴会にしちゃわない？」

「はっ！　承知いたしました！」

彼は笑顔で頷くと、外の兵士に指示を出した。

「さてと……カズラさん、戦勝会にはちょっと早いですけど、ぱーっとやっちゃいましょうか！」

「そうですね。せっかくなんで、盛り上がっちゃいましょう！」

「その意気です！　ナルソンたちを待ってると料理が冷めちゃいますし、先にいただきましょ！」

うきうきした様子で、ジルコニアと一良《かずら》が席に向かう。

「エイラさん、マリーちゃん、私たちもいただきましょう」

「は、はい」

「あわわ……」

そうして、期せずして対バルベール戦争勝利の祝賀会が開催されることになったのだった。

第2章　気づいた気持ち

数時間後。

急遽総督邸に集められたアルカディア、クレイラッツの重鎮たちは、飲めや歌えの大騒ぎをしていた。

皆が「勝った勝った」と盛り上がっており、あちこちから明るい声が響いている。

ジルコニアは鎧を脱いでおり、鎧下姿だ。

「ナルソン殿ぉ！　私は、ほんっとうに嬉しくて堪らんのでしゅよ！」

先ほど一良《かずら》たちを案内したクレイラッツ軍の初老の軍団長が杯を手に、えぐえぐと涙を流しながらナルソンの肩に腕を回す。

彼は泣き上戸のようで、酔っぱらってきてからというもの、ずっとこの調子だ。

「あのバルベーリュを相手に、ここまで完勝できるとは！　貴国を裏切りゃじゅに正義の旗の下に戦えて、わたしゃあもう嬉しい！　うん！」

「え、ええ。私も同じ気持ちです」

ナルソンが愛想笑いをしながら、彼に答える。

さすがに酔っぱらってしまうのはまずいと思っているのか、酒は少量に控えている様子だ。

それに引き換え、軍団長は完全にへべれけである。

他の軍団長や副軍団長も、テーブルに突っ伏して眠っていたり、アルカディア軍の軍団長と肩を組んで軍歌を歌ったりしている。

「でしょお!? 正義と信念をちゅらぬけることほど、武人として誇らしいことはありましぇん!」

「はい、そのとおりかと」

「しょれに! 神々は我らクレイラッツのことも認めてくだしゃったのがうれひくて! きっと我が国の神々もえべべべ!」

「おわあ!?」

歓喜しながら突然嘔吐を始めた軍団長に、ナルソンがのけ反る。

肩を組まれたまま吐かれたものだから、ナルソンの服はゲロまみれだ。

給仕をしていた使用人たちが慌てて駆け寄り、軍団長を抱えて引きずって行く。

マリーとエイラもナルソンに駆け寄り、置かれていたナプキンでゲロを拭いた。

「うわあ!? ナルソンさん大丈夫ですか!?」

「おー、こりゃあずいぶんと派手にぶちまけられたなぁ! あっはっは!」

心配する一良《かずら》と、酔った赤ら顔で爆笑するルグロ。

ルグロはなかなかに酒に強いらしく、先ほどからかなりの量を飲んでいるがベロベロにはなっていない。

「ナルソン様、別室でお着替えを……」

「ああ。カズラ殿、少しの間失礼いたします」

「カズラさん、私も手伝ってきますね」

エイラとマリー、そしてバレッタに連れられて、ナルソンが部屋を出て行く。

「あーあ。いくらなんでも皆飲みすぎ……ジルコニアさん、大丈夫ですか？　顔が青いですよ？」

隣の席で口元を押さえているジルコニアに気づき、一良《かずら》が声をかける。

「の、飲みすぎと今ので、貰いゲロしそうです……うぷ」

「ええ!?　桶か何か持ってきます!?」

「だ、大丈夫です。ベランダに連れて行ってください……」

「そんなに飲んでましたっけ？　ほら、しっかりして」

「カズラ、人妻に手を出すんじゃねえぞ！　がはは！」

「この酔っ払いめ……」

一良《かずら》に支えられ、ジルコニアがよろよろと立ち上がる。

そのまま２人はベランダに向かった。

２人でベランダに出て、扉を閉める。

外は涼やかな風が吹いていて、酒と宴会の熱気で火照った体に心地良い。

今日は満月で、煌々と輝く丸い月が夜空に浮かんでいた。

「はー、いい風ですね……」

ジルコニアが柵にもたれかかり、気持ちよさそうに夜風に当たる。

「ようやく終わりですね。長かったような、あっという間だったような。変な感じです」

ジルコニアが黄昏た表情で、月を見上げる。

「ですね。後は蛮族をどうするかってくらいですし、上手く講和できれば蛮族の背後にいる連中もどうにかできそうだ」

「同盟国とバルベール、それに蛮族も加われば、どんな相手でも大丈夫ですよ。私の役目も、ようやく終わりです」

「あの……本当に、イステール家を出るんですか？」

その問いかけに、ジルコニアがきょとんとした顔で一良《かずら》を見た。

「え？　そりゃあ出ますよ。前にも、そう言ったじゃないですか」

「でも、その……リーゼが寂しがりますよ」

一良《かずら》の言葉に、ジルコニアが苦笑する。

「それは分かっています。こんな私を、本当の母親みたいに慕ってくれていますし」

「なら、無理に出て行かなくても」

「いえ、これは私なりのけじめですから」

そう言って、ジルコニアが再び月を見上げる。

「今私がいる場所は、本当ならリーゼの本当のお母さんがいるべき場所です。いつまでも、そこにいるのは違うと思うんです」

「……そっか」

一良《かずら》としてはその考えかたは寂しいというか、今を生きている人にとっては酷すぎるように思えた。

とはいえ、彼女の考えを否定するのも違う気がした。

ジルコニアは、リーゼの産みの親のことを想ってのことなのだろう。

「それに、イステール家を出たからって二度と会えないわけじゃないですし。会おうと思えば、いつでも会えますよ」

「えっと……イステール家を出た後、どうするかは決めたんですか？」

「んー。ちょっと困ってるっていうのが正直なところですね」

ジルコニアが困ったように笑う。

「困ってる？　まだ決めてないってことですか？」

「はい。カズラさんは、どうしたらいいと思いますか？」

「振ってみました。こうしろって言ってくれれば、それに従いますよ？」

「ええ……」

にこりと微笑むジルコニアに、一良《かずら》が困り顔になる。

「ほら、例えば、『俺の女になれ！』とかどうです？　そのまま日本に連れて帰っちゃうとか。楽しそうだと思いません？」

「何言ってるんですか。そういう冗談は――」

「冗談じゃ……なかったら？」

「……え？」

じっと見つめてくるジルコニアに、一良《かずら》がたじろぐ。

すると、ベランダの扉が開いてバレッタがやって来た。

2人がバレッタに振り向く。

「ベランダに出てたんですね。ジルコニア様、大丈夫ですか？　顔色が悪かったと聞いたのですが」

「うん、平気。吐きそうだったけど、夜風に当たったらだいぶ良くなったわ」

ジルコニアが答えると、バレッタはほっとした顔になった。

トコトコと、一良《かずら》に歩み寄る。

「カズラさん、精油は使いましたか？」

「あっ、いけね。忘れてた」

一良《かずら》がポケットからチャック付きのビニール袋を取り出した。

チャックを開け、ガーゼを１枚取り出した。

「ジルコニアさん、これ嗅いでください。酔い覚ましの精油です」

「まあ、用意がいいですね」

「バレッタさんが、もしものためにって用意してくれたんです」

「……なるほど」

ジルコニアがガーゼを受け取り、鼻に当てる。

すうっと深く息を吸った。

「あっ、カズラさん。頬っぺたにソースが付いてます」

バレッタがハンカチを取り出し、一良《かずら》の頬を拭う。

「ありがとうございます。子供みたいだ」

「ふふ、可愛くていいと思いますよ」

「ええ……男に対してそういうのはちょっと」

「えっ⁉　ご、ごめんなさい！」

慌てるバレッタに、ジルコニアが笑う。

「ほんと、仲がいいわねぇ。さて、そろそろ中に戻りますか？」

「ジルコニア様、戻って大丈夫ですか？　また気分が悪くなったりするかも……」

バレッタが心配そうに言う。

「大丈夫よ。もう片付けたでしょ？」

「はい。窓も開けているので、だいぶマシになってはいます」

「なら、戻りましょ。もっといろいろ食べておきたいし」

ほらほら、とジルコニアが2人の背を押す。

ジルコニアは一良《かずら》たちに続いて室内へと戻りかけ、少し振り向いて月を見た。

「……あの子の言ってたこと、当たってたんだなぁ」

「ジルコニアさん、どうかしました？」

立ち止まっているジルコニアに気づいた一良《かずら》が声をかける。

「んー、何か甘酸っぱいものが込み上げてきちゃって」

「えっ⁉　だ、大丈夫ですか⁉　吐きそうなんです⁉」

「吐いちゃったほうが楽かもですね。でもまあ、大丈夫ですから」

「いや、全然大丈夫じゃないでしょ、それ」

「ジルコニア様、やっぱりもう少しベランダに出ていませんか？」

心配する一良《かずら》とバレッタに、ジルコニアが笑う。

「大丈夫、大丈夫」

そうして、３人は再び宴会へと戻った。

戻ってからのジルコニアはかなりのハイペースで酒を飲み続け、結局悪酔いして数十分後に桶にリバースしてしまい、ちょうど戻って来たナルソンに呆れられていた。


翌朝。

早々に起床した一良《かずら》は、総督邸の屋上で無線機を手にしていた。

朝焼けに浮かぶ家々からは炊事の煙が上がっており、市民たちも起き出しているようだ。

通りのあちこちにはクレイラッツ兵が見張りに立っており、道には市民の姿はほとんどない。

荷車を引いてゴミ回収を行っている者たちの姿がいくつか見えるくらいである。

平時なら朝から活気のある街なのだろうなと、柵に両腕でもたれかかりながら一良《かずら》は思った。

「あー、やっぱり蛮族は追い立てられてたのか。どうぞ」

『うん。それで、どうしてもバルベールの領土が欲しいみたいなの』

無線機からリーゼの声が響く。

『バルベールにどうにか譲歩させて北部地域の一部を割譲できないかってアロンドは言ってたんだけど、どう思う？　どうぞ』

「俺たちが命令すればバルベールは頷くしかないんだから、そうさせるのがいいんじゃないか？　講和も結べるんだろ？　どうぞ」

『どうだろ……半分以上の族長は、このままバルベールを打ち破って首都ごと占領するつもりらしいの。どうぞ』

「今の状況じゃ、そう考えるのが普通だよなぁ。でも、バルベールと同盟国が講和したことは知らせたんだろ？　どうぞ」

『うん。でも、蛮族は襲ったバルベールの村や街で住人をたくさん捕虜にしてるらしくて。それを盾に脅迫してくるだろうって』

一良《かずら》が険しい顔になる。

蛮族は自分たちが圧倒的に有利な立場にあると考えているだろうから、少々の領土割譲案では頷かない可能性が高い。

今までのようなやり方をするとすれば、彼らに動画を見せて逆に脅迫という手段が一番手っ取り早い気がする。

しかし、毎度のように脅迫ばかりしていては、後々の争いの火種にもなりそうだ。

ともあれ、どう対応するのかはナルソンに相談してからだ。

『私も、それくらいはやってくると思う。イクシオス様とマクレガーも同じ意見だよ。どうぞ』

「そっか……それはともかく、マリーさんのお母さんがアロンドさんと一緒にいたってのは本本当に驚いたよ。どうぞ」

『ねー。私もびっくりしたよ。バルベールに亡命した時からずっと一緒だったなんてさ。今日中に連れて帰るから、マリーにも伝えておいて。どうぞ』

「ああ、分かった。マリーさん、きっと大喜びするだろうな。本当に良かった」

そこまで言い、一良《かずら》は昨日ジルコニアたちと話したことを思い出した。

リーゼなら、事情をすべて把握しているだろう。

「ところで、アロンドさんはどうしてリスティルさんを連れて首都に来たのかは聞いたか？アルカディア側に引き渡せる確証なんてないし、危険どころの話じゃないと思うんだけど。どうぞ」

『それなんだけど、あの人、元老院議員たちの目の前で族長の娘を殺すつもりだったらしいのよ』

「えっ⁉」

一良《かずら》が驚いて目を剥く。

『そこまでやれば、議員たちもアロンドを信用するだろうって考えだったみたい。たまたま私がいたから、そうしなくて済んだんだってさ。どうぞ』

「何だよそれ……いくらなんでも、そりゃ酷すぎだろ。それに、信じて付いてきてくれた仲間の命を生贄にするってことじゃんか……」

一良《かずら》が暗い声になる。

数秒して、「どうぞ」はないが一良《かずら》の声に続きがないと判断したのか、リーゼが口を開いた。

『私もそう思うけど、「優先順位があるんだから仕方がない」だってさ。よく割り切れるよね』

はあ、とリーゼのため息が無線機から響く。

リーゼがその場に居合わせなかったら、と考えると一良《かずら》はぞっとした。

もし、アロンドが族長の娘を殺害していたら、同盟国とバルベールは、問答無用で蛮族と全面戦争となっていただろう。

その後でどんな交渉を持ちかけたとしても、信じて送り出したアロンドに娘を殺されたとあっては、族長は聞く耳を持つはずがない。

どちらかが完全に相手を屈服させるまで、血みどろの戦いが続いていたはずだ。

『まあ、そういうわけだから。お父様には、カズラから言っておいてくれる？　どうぞ』

「……ああ、分かった。話しておくよ。どうぞ」

『……アロンドのこと、もやもやすると思うけど、そういう人なんだって思うしかないよ』

気遣う声色で、リーゼが言う。

『あの人は、目的のためなら自分を信じてくれてる人でも切り捨てられる人なの。リスティルのことだって、情があってのことじゃない。世の中にはそんな人もいるんだって思って、諦めるしかないよ。彼の考えかたが正しいかどうかは、この際置いておいてさ。どうぞ』

「そうだな……リーゼの言うとおりだと思うよ。どうぞ」

『うん。あっ、私は違うからね？　私は死んでもカズラを裏切ったりはしないから！　何があってもカズラの味方だよ！　どうぞ！』

一転して明るい声で言うリーゼ。

わざとそんな口調で言ってくれる彼女の気持ちが嬉しくて、一良《かずら》の頬が緩んだ。

それも優先順位の問題なのではとも思ったが、口に出すような無粋な真似はしない。

「はは、ありがと。それじゃ、気を付けて帰ってこいよ。あ、そうそう、そっちに無線機と一緒に連絡係を何人か置いてきてくれ。バイクは全部乗って帰ってきていいから。どうぞ」

『うん！　はあ、もう「どうぞ」って言うの疲れちゃったよ。早く顔を合わせて話したい。それじゃあね！　通信終わり！』

「カズラさん」

突然背後から声をかけられ、一良《かずら》が驚いて肩を跳ねさせる。

「うおっ⁉　バ、バレッタさん。いたんですか」

「ごめんなさい。驚かしちゃいましたね」

バレッタは苦笑すると、一良《かずら》の隣に並んだ。

「昨日はよく眠れました？」

ムディアの街並みに目を向けながら、バレッタが聞く。

「そりゃあもう。思ってたよりも疲れてたみたいで、爆睡しちゃいました。ベッド、ふかふかで最高でしたし」

「ふふ、よかったです。ジルコニア様は、まだダメみたいですけど」

「あー、二日酔いか。薬はあげました？」

「さっき、エイラさんがハーブティーを持って行きました。すぐに良くなると思いますよ」

バレッタが一良《かずら》の顔を窺うように、目を向ける。

「カズラさん。彼のことは、考えないようにしたほうがいいですよ」

「……聞いてましたか」

「はい。リーゼ様も言ってましたけど、彼はそういう人なんです。そんな人のことなんて、考えても無意味です」

「ははは。バレッタさんって、アロンドさんのことになるとけっこう厳しいこと言いますよね」

「う……」

バレッタが小さく呻く。

「……私、あの人のこと嫌いです。前にあの人、カズラさんのことを貶したことがあって。それから、もうダメなんです」

「え？　アロンドさんが俺を？　何て言ってたんですか？」

「そ、それは、その、いろいろと……あの人なりの考えがあってのことだとは思うんですけど、どうしても許せなくて……」

　はぐらかした言いかたをして、黙るバレッタ。

　一良《かずら》は事情が分からず気になったが、「言いたくないのかな」と思い、それ以上は聞かず街並みに目を戻した。

　しばらくそうしていると、バレッタが、はあ、とため息をついた。

「……私、あの人に嫉妬してたから、そのせいもあって余計にどんどん嫌いになっちゃったんだと思います」

「嫉妬……ですか？」

「はい……」

　きょとんとした顔になる一良《かずら》。

　バレッタが、しゅんとした顔でうつむく。

「カズラさん、あの人をすごく信頼してましたし、頼ってたじゃないですか。姿をくらませた後も、ずっと信じていましたし。それが、何かこう……ああ、もう。私、最低です……」

　口をへの字に曲げて、バレッタが泣きそうな顔になる。

　思わぬ告白に、一良《かずら》は少し驚いた表情になった。

「嫉妬なんてしなくても、俺が一番信頼してるのは、ぶっちぎりでバレッタさんですよ」

「ぶっちぎりですか？」

「ぶっちぎりです。他の追随を許さないレベルで。この間のジルコニアさんじゃないですが、今この場で、お尻にホクロがあるかないかの確認をしてもらってもいいレベルです」

「お、お尻⁉　……はうう」

一良《かずら》のお尻を見る自分の姿を思い浮かべ、バレッタの顔が真っ赤になる。

「い、いや、冗談だから真に受けないでもらえると」

「いいなぁ。私にも確認させてもらってもいいでしょうか？」

その声に2人が振り返ると、数歩後ろにエイラが立っていた。

「あ、エイラさん……って、何言ってるんですか」

「だって、私もカズラ様のお尻を見てみたいですもん。バレッタ様、カズラ様を押さえてください。私がズボンを下ろしますので」

「や、やるんですかっ⁉」

「やめてください。力じゃ2人には敵わないんですから、マジで怖いですって」

後ずさる一良《かずら》に、エイラが笑う。

一良《かずら》の腕に手を伸ばしかけていたバレッタは、慌ててそれを引っ込めた。

真に受けていたらしい。

「ジルコニア様ですが、調子が戻られたようです。それと、言伝で『リスティルのことはどうしますか？』、だそうです」

一良《かずら》たちは「本当に会えると判断できるまでは伝えないほうがいい」、と考え、まだマリーにはリスティルの無事を伝えていない。

リーゼとこちらに戻って来ることが決まった今なら、もう伝えてもいいだろう。

「ちょうどよかった。リスティルさん、リーゼと一緒にこちらに戻って来るのが決まったんです。マリーさんに伝えてあげましょう」

「よかった……朝食ができておりますので、その席で話してはいかがでしょうか。個室を用意していただきましたので。それと、ルグロ殿下は今朝早く野営地に戻られました。日課の早朝訓練をなさるとのことで、食事もあちらで済ますそうです」

「おっ、そりゃ都合がいいですね」

「ふふ。マリーちゃん、きっとびっくりしますね」

バレッタが嬉しそうに微笑む。

「さっきバレッタさんがマジで俺の腕に手をかけようとしてたことのほうが、俺はびっくりですけどね」

「う、うぐぅ」

「あはは。バレッタ様って、たまに面白いですよね」

「虐めないでください……」

そうして、３人は屋上を後にするのだった。

「カズラ様、おはようございます」

朝食が用意された個室の前にやって来た一良《かずら》たちは、マリーに出迎えられた。

「カズラ様、バレッタ様、おはようございます」

「おはようございます。ジルコニアさんは？」

すると、曲がり角からナルソンとジルコニアがやって来た。

ジルコニアが朗らかに手を振る。

「おはようございまーす」

「おはようございます。ジルコニアさん、調子はどうです？」

「元気です。すみません、昨日は酷いとこ見せちゃって」

ジルコニアが照れ臭そうに頭を掻く。

「まったく、たいして強くもないのに飲みすぎなんだ。お前らしくもない」

「だって、飲まなきゃやってられなかったんだもの」

はあ、とジルコニアがため息をつく。

「何だそれは。何か心配事でもあるのか？」

「ちょっとね。まあ、どうでもいいことだし、気にしないで。ほら、入りましょ」

ジルコニアが扉を開け、部屋へと入る。

こぢんまりとした部屋の中央には大きな丸テーブルが置かれ、朝食が用意されていた。

メニューは、お粥、瓶入りの海苔の佃煮、ボイルソーセージ、カリカリに焼かれたベーコン、杏仁豆腐だ。

水筒に入れられた、熱々の緑茶も用意されている。

すべて一良《かずら》が持ち込んだ食材で、とても美味しそうな香りが漂っている。

エイラとマリーの分も含め、人数分用意されていた。

「おおっ、美味そうだ。そういえば、こんなふうに個室で朝ごはんってひさしぶりですね」

「ですね。最近はずっと野営地暮らしでしたから、何だか新鮮ですね」

一良《かずら》とバレッタが席に着きながら、嬉しそうに言う。

「エイラ、マリー、あなたたちも、ほら」

「ありがとうございます」

エイラとマリーも席に着き、いただきます、と皆で食べ始めた。

バレッタが皆のコップに、水筒からお茶を注ぐ。

「カズラさん、例の件ですけど、どうします？」

もぐもぐとソーセージを食べながら、ジルコニアが聞く。

「こっちに来れることが確定したんで、話すことにしました。マリーさん」

「もぐもぐ……っ、ふぁい！」

話を振られると思っていなかったのか、ベーコンを食べていたマリーが素っ頓狂な声で返事をする。

「えっとですね、マリーさんのお母さんが見つかりまして。今日中にリーゼが連れてくるんで——」

「ぶほっ⁉」

「うわんぐっ⁉　ごほっ⁉」

驚きすぎてベーコンを噴き出すマリー。

あまりにも勢いよく噴き出したため、対面にいた一良《かずら》の顔にまでベーコンが飛来した。

口を開けていたところにベーコンが突入し、ピンポイントで喉に直撃して一良《かずら》までむせ返る。

「わわっ⁉　カズラさん、大丈夫ですか⁉」

「げほっ！　げほっ！　ず、ずびばぜ、げふっげふっ！　えごふ！」

「あっ！　マリーちゃん、そのお茶熱い——」

「ブフォッ⁉　あっづい⁉」

エイラが静止しかけたが間に合わず、マリーが激しくむせながら熱々のお茶を一気に口に含み、今度はお茶を噴き出した。

辛うじて自分の皿に噴き出したが、テーブルにはマリーの口から飛び出したベーコンの欠片が散らばっている。

「あはは！　ちょっと、今のすごくない？　カメラで録画しておけばよかったわ」

「うおお……ジル、バカ言ってないで片付けろ」

爆笑しているジルコニアと、やれやれと飛び散ったものを摘まんで片付けるナルソン。

マリーは涙目で咳込みながら、「ずびばぜん、ごべんなざい」と平謝りだ。

「げほっ、げほっ、の、喉に飛び込んでくるとは思わなかった……」

「カズラさん、お茶です。熱いから、気を付けてください」

「げほっ、ありがとうございます」

一良《かずら》がバレッタからお茶を受け取り、一口飲む。

「ふう。マリーさん、大丈夫ですか？　あ、片づけはいいから、とりあえず落ち着いてください」

立ち上がって片づけをしようとしたマリーを、一良《かずら》が止める。

「ごほっ、ごほっ……も、申し訳ございません。大丈夫です……げふ、げふ」

マリーが小さく咳込みながら、涙目で謝る。

飛び散った物をナルソンたちが片付けているのを横目に、一良《かずら》は口を開いた。

「マリーさんのお母さん、リスティルさんですが、アロンドさんと一緒にいたようなんです。それで、偶然リーゼがバーラルで会いまして。こちらに引き渡されることになったんですよ」

「……」

マリーは強張った表情で、一良《かずら》の話を聞いている。

「そういうわけで、今日中に会えますから。食事を終えたら、野営地で待っていましょうか」

「……」

「……あの、マリーさん？」

「ふえええん」

突然ぼろぼろと泣き出すマリー。

そうなるだろうなと予想していた一良《かずら》とバレッタは、顔を見合わせて微笑んだ。

「おがっ、おがあざんっ、おがあざんっ……うあああん」

「マリーちゃん、すぐに会えるからね。よかったね」

エイラが目に涙を浮かべ、よしよしとマリーの頭を撫でる。

マリーは泣きじゃくったまま、しばらく「お母さん」と繰り返していた。


その頃、部族陣地に戻ったアロンドとウズナは、薄暗い天幕内でことの顛末をゲルドンや族長たちに報告していた。

この場にいる族長は、ゲルドンとともに北西部で戦ってきた者たちだけだ。

イスに腰掛けて腕組みしているゲルドンに、アロンドがカイレンたちとの交渉結果を話して聞かせる。

「……バルベールと同盟国が手を組んだ、か。間一髪だったな」

　ゲルドンが唸る。

　攻撃を主張する族長たちに流されてバーラルを攻めていたら、なし崩し的に同盟国とも戦う羽目になっていただろう。

　どうにかしてバーラルを占領できていたとしても、バルベールの残党と同盟国を相手にしては、遠からず部族軍は壊滅していたはずだ。

「アロンドよ。お前は、これも予見していたのか？」

「いえ、さすがにここまで同盟国が圧倒していたとは思いませんでした」

「そうか。我らと同盟国の共闘を匂わせて、先にバルベールと我らの間で休戦協定を結ぶという話だったが、いきなり講和とはずいぶんと話が先に進んでしまったな」

「正直、かなり難しい交渉になると考えていたので、今回の出来事は助かりましたけどね」

　アロンドがほっとした顔で笑う。

　ウズナは難しい顔で、黙って2人の話を聞いている。

「うむ……しかし、奴らは本当に領土の割譲を飲むだろうか？　我らを騙そうとしているのではないか？」

「ああ。迎撃態勢を整えるための時間稼ぎかもしれん」

「そうだとしたら、かなりまずいな。今すぐ攻撃しないと、手遅れになるぞ」

「いえ、それはないかと」

不安を口にする族長たちに、アロンドが答える。

「リーゼ様が言うには、バルベールのアルカディア攻略軍はムディアで大敗し、そのすべてが降伏したそうです」

「何？　それは確かか？」

ゲルドンが驚く。

族長たちも、まさか、とざわついた。

「確かです。リーゼ様が嘘をついているようには、私には思えません」

「何だそれは。確証あってのことではないのか？」

ゲルドンが顔をしかめる。

「同盟国はバルベールと手を組み、我らを撃滅するつもりなのではないか？　信用できんぞ」

「いいえ、大丈夫です。彼らは、我々の背後に迫っている異民族を脅威と見ています。今、我々と戦って消耗すれば、さらなる惨事につながると考えているのです」

アロンドが言うと、ゲルドンの額に青筋が走った。

族長たちも、驚愕の表情でざわつく。

「貴様、東の連中のことを話したのか!?」

「落ち着いてください。すでに彼らは、異民族の襲来を予想していたのです」

イスを蹴る勢いで立ち上がったゲルドンに、アロンドが静かに言う。

「アルカディアの首脳陣は、どうして我々が長年バルベールに攻勢を仕掛けていたのかを考えていたのです。前回の戦争で大勢の死者を出しながらも、どうしてそこまでバルベールに固執するのかを」

「それは推察だろうが！　貴様がしたことは、我らの弱点をみすみす相手に教えてやったようなものなのだぞ！」

「いいえ、違います。もし『同盟国が』我らを撃滅するつもりなら、わざわざ我らの背後についての予想を、私に聞かせる意味がありません。むしろ、バーラルに攻撃を仕掛けるように弱気な態度を見せ、激戦ですり減った我らを時間をかけてじっくりと料理すればいいはずです。同盟国にとっては、バルベールを使い捨てにして漁夫の利を得られるのですから」

「む……」

ゲルドンが押し黙り、考え込む。

「ゲルドン、アロンドの言うとおりだよ」

ウズナが口を挟む。

「いくらバルベール軍を叩き潰しても、その後で同盟国の４カ国を相手になんてできっこない。それくらい、連中だって分かってるはずだよ」

「……うむ、そうだな」

ゲルドンが腰を下ろす。

「ご理解いただけてよかった。それと、同盟国が東の異民族について知っていることは、この場にいない族長たちには内密にお願いいたします」

アロンドが言うと、ゲルドンたちがいぶかしんだ顔になった。

「なぜだ？　奴らとて、この話を聞けばバーラルを攻めろなどとは言わなくなるだろうが」

「今が、ゲルドン様が部族同盟を掌握する絶好の機会なのです。不穏な芽は、この際摘んでしまいましょう」

「アロンド、はっきり言え。いったい、何をどうするつもりだ？」

せっつくゲルドンに、アロンドはにこやかな笑みを向けた。

「強欲で頭の足りない人たちには、引退してもらうのです。詳しくはウズナさんに……おっと、噂をすれば」

天幕の外から響いてくる足音に、アロンドがニヤリと笑う。

「彼らには私から説明します。皆様は、ゲルドン様と一緒に講和に賛同するかたちで話を合わせてください」

「引退だと？　あの血の気の多い連中を、いったいどうするつもりだ？」

「お、おい。もっと詳しく――」

「皆、アロンドの言うとおりにしてくれ。頼む」

慌てる族長たちに、ゲルドンが頭を下げる。

族長たちが仕方なく頷いてすぐ、他の族長たちが憤怒の形相で天幕に入って来た。

「おい！　これはいったいどういうことだ⁉」

「バルベールと休戦交渉をしに行ったというのは本当なのか⁉」

天幕に入るやいなや、怒鳴り声を上げる族長たち。

彼らはバルベールの北東地域に攻め入った部族軍の族長だ。

カイレンたちが言っていた、襲った村や街で凄惨な行いをした者たちである。

アロンドは彼らに、恭しく頭を下げた。

「はい。ゲルドン様の命に従い、私が交渉してまいりました」

アロンドが答えると、彼らの表情がさらに赤みを増した。

「ふざけるな！　これからという時に、何を腑抜けたことを！」

「ゲルドン、貴様ァ！」

「何をするっ！　近づくんじゃない！」

ゲルドンに掴みかかった族長の腕を、ウズナが掴む。

他のゲルドン派の族長たちも、慌てて立ち上がった。

「黙れ！　引っ込んでいろ！」

「痛っ⁉」

腕を掴むウズナの髪を、その族長は鷲掴みにした。

ゲルドンの顔が一瞬で真っ赤になり、立ち上がるとその族長の頬を殴り飛ばした。

殴られた族長が吹っ飛び、地面に転がる。

「ぐほっ……ゲ、ゲルドン、貴様……！」

「この阿呆が！　俺の娘に手を上げやがって、覚悟はできているんだろうな⁉」

「おのれっ！」

倒れている族長が、腰の剣に手をかける。

ウズナとゲルドン、そして後から入って来た族長たちも、腰から剣を引き抜いた。

「や、やめろやめろ！　お前ら、頭を冷やせ！」

「部族同士の争いは協定違反だぞ！　族長同士で殺し合いをするつもりかっ⁉」

ゲルドン派の族長たちが間に入るが、互いに罵声を浴びせ合って一触即発だ。

「メジル様、休戦交渉は成功しました。バルベールは、我らに領土を割譲すると言っています」

アロンドの言葉に、場が一瞬にして静まり返る。

メジルと呼ばれた族長が口から血を流しながら、唖然とした顔をアロンドに向けた。

「こ、交渉成功だと？」

「はい。彼らは、こちらの攻撃停止と引き換えに領土を割譲すると言っています。しかし、こちらの提案した地域は広すぎるとのことで、検討に時間が欲しいとのことで」

「どう考えても、ただの時間稼ぎではないかっ！」

メジルが立ち上がり、アロンドの胸倉を掴む。

「お、お待ちください！　返答期限は2日です！　時間稼ぎとは限りません！」

「黙れ！　2日もあれば、奴らは防衛体制を整えてしまうぞ！」

「バルベールの軍勢は、同盟国に大敗して首都はがら空きなのです！　たった2日では、彼らの軍勢は戻ってこられません！」

「何だと⁉」

アロンドを掴んでいる族長が目を見開く。

「く、詳しく説明しますので、どうかお手を……」

彼の手を放させ、アロンドが事情を説明する。

バルベールは同盟国に大敗した結果、彼らと講和を結んだこと。

今自分たちに逆らえば、がら空きの首都が陥落するであろうこと。

そのような状況で、休戦の提案を蹴ることはないはずだと話して聞かせた。

「ならば、今こそ攻撃の好機ではないか！　首都を丸ごと手に入れることができるぞ！」

ニヤリと笑みを浮かべる彼に、アロンドが頷く。

「はい。それは可能とは思うのですが……」

アロンドがちらりと、ゲルドンに目を向けた。

ゲルドンはそれを見て、なるほどな、と内心頷いた。

「いいや、攻撃はしない。ここらで、この戦いは手打ちにするべきだ」

ゲルドンが言うと、アロンドが暗い顔になった。

強硬派の族長たちの顔が、再び怒りに満ちる。

「この機を逃すというのか⁉　バルベールを打ち負かすなら、今しかないのだぞ！」

「ダメだ！　たとえわずかでも領土を割譲させられれば、我らの目的は達成される！　これ以上血を流す必要はない！」

「この……！」

「メジル様、ここはどうか、堪えてください」

アロンドがメジルの肩を掴み、彼だけに見えるようにそっと手のひらを見せる。

アロンドの手には布切れが広げてあり、何やら文字が書かれていた。

メジルはそれを見て一瞬驚いた顔になったが、すぐに視線をゲルドンに戻した。

「……ちっ。これで騙し討ちなどを食らったら、ゲルドン、貴様に責任を取ってもらうからな！」

「お、おい！　引き下がるというのか⁉」

「今、攻撃せねば……」

肩を怒らせて天幕を出て行こうとするメジルに、強硬派の族長たちが驚く。

「仕方がないだろうが。俺たちがいくら言っても、あのバカどもは首を縦には振らん。全軍で攻撃できないのなら、諦めるしかない」

メジルはそう言うと、アロンドに目を向けた。

「アロンド、外で状況を詳しく説明しろ。ここで聞くと、あのバカを殺したくなってしまうからな」

「承知しました」

メジルが、行くぞ、と族長たちの肩を押して天幕を出て行く。

アロンドはそれに続きながらゲルドンを振り返り、小さく頷いた。

彼もそれに頷き返し、やれやれとイスに座り直す。

「まったく、アロンドの奴め……ウズナ、計画を聞かせろ」

「うん」

そうして、ウズナはバーラルから戻りがてらアロンドから聞かされた計画を、ゲルドンたちに話すのだった。


その日の昼。

野営地に戻った一良《かずら》たちは、天幕内でテーブルを囲み、蛮族への対応を話し合っていた。

この場にいるのは、一良《かずら》、バレッタ、ナルソン、ジルコニア、ルグロ、エイラ、マリーだ。

テーブルにはノートパソコンが置かれ、一良《かずら》の隣でエイラが議事録担当としてメモ帳を開いている。

マリーはリブラシオールということになっているので、ルグロの手前同席させている。

マリーは母親がいつ到着するのか気が気でないようで、そわそわした様子でイスに座っていた。

「バルベールの北側くらい、くれてやっちまえばいいんじゃねーの？」

ナルソンから話を聞いたルグロが、軽い口調で言う。

「どうせ土地なんていくらでも空いてるんだろ？　戦闘停止と住人の引き渡しを引き換えにして、連中が住める場所をやれば丸く収まるじゃねえか」

「そう簡単にことが収まりますでしょうか？　要求を1つ飲めばまた次の要求、といった具合に増えていくのが普通と思います」

ナルソンの言葉に、ルグロが顔をしかめる。

「そりゃあ、いくつか追加でってのはあるだろ。でもさ、連中が欲しがってるのは安住の地なんだろ？　食べ物と街を作るための資材も提供するって言ってやれば、頷くんじゃねえの？」

「そうかもしれませんが、彼らの人数はすさまじいものがあります。要求される金や資材は、途方もないものになるかと」

「んなこと言ったって、このまま戦うわけにはいかねえだろ。連中の後ろには、もっとヤバイ奴らがいるんだし」

「カズラさん、もういっそのこと、蛮族にも動画を見せて脅しちゃえばいいんじゃないですか？」

ジルコニアが一良《かずら》に話を振る。

「逆らったらこうだぞって、動画を使って脅せば一発ですよ。バルベール相手にだって、上手くいったんですから」

「うーん。でも、彼らはまだこちらと一度も戦ったことないじゃないですか。そんな相手から、いきなりそんな脅しを受けて、素直に降伏するとは思えないんですけど」

「逆らうようなら一発ぶち込んでやればいいんですって」

当然、といった様子でジルコニアが言う。

「その辺の廃村とかに火薬をしこたま設置して、大爆発させて村ごと吹き飛ばして見せればいいんです。きっと縮み上がりますよ」

「い、いや、それだけの火薬を用意っていうのは時間的に……」

「バレッタ、どう？　できないかしら？」

「うーん……火薬よりも、ガソリンをタンクか何かにたっぷり入れて、その上にガソリンを染み込ませた木材をたくさん載せて火を点ければ大爆発は起きますから、そのほうが簡単かと思います」

「カタパルトで飛ばすやつの何十倍もガソリンを使えば、もっと大きな爆発が起きるわけね。爆発で木材が飛び散れば、迫力もありそう」

うんうん、と頷くジルコニア。

「なら、それでいいじゃない。そうしましょうよ」

「ですけど、この間の戦闘でガソリンはかなり使ってしまいましたから、カズラさんに補充をお願いしないと」

「そうね。カズラさん、お願いできますか?」

皆の視線が一良《かずら》に集まる。

「……いや、脅してばかりだと恐怖で押さえつけることになるんで、相手に旨味を持たせないとダメだと思うんです」

「うむ。バルベールやプロティア、エルタイルに対してもそうですな。我らといい関係を築けば、敵対するよりはるかに美味しい思いができると理解させるのが上策かと思います」

「おっ、いいねぇ。俺はそういう方針のほうが好みだな」

一良《かずら》の意見に、ナルソンとルグロが続く。

「で、旨味ってのはどういうのにするんだ? 何かいい方法はあるのか?」

「俺が思うに、蛮族の人たち……あのさ、彼らの呼びかた変えないか? 彼らと話している時にうっかり『蛮族』なんて言ったら、見下してるって思われそうだしさ」

「ああ、それもそうだな。んじゃ、これからは『部族』って呼びかたで統一するか」

「うん。で、旨味なんだけど、部族の人たちは背後から迫ってる連中が怖くて堪らないわけだろ？　それに対する備えを、同盟国とバルベールが支援するってのはどうかな」

「備えですか。何か考えがおありで？」

ナルソンが聞く。

「思いつきではあるんですけど、似たような目的で作られたものが神の国に存在しまして。バレッタさん、百科事典で『万里の長城』の項目を開いてもらえます？」

「えっ？　あ、あれを作るんですか？」

バレッタが驚いた顔で一良《かずら》を見る。

「ものすごい工事期間がかかると思うんですけど……それに、お金も資材も、すごいことになると思いますよ？」

「ええ。でも、今の状況だと、長期の大工事ってのが、逆にいいかなと思うんです」

「逆に……ああ、なるほど。確かにそうかもしれないですね」

バレッタが百科事典の万里の長城の項目を開き、皆に見えるようにノートパソコンを動かす。

画面には、万里の長城の写真と、それに関する説明文が表示されている。

「む……これは、長い防壁でしょうか？」

ナルソンが画面を見ながら一良《かずら》に聞く。

「そうです。神の世界に巨大な領土を誇る国があるのですが、外部からの侵略者を防ぐために作られた防壁がこれです。数万キロという長さの国境線にこれを作って、外敵の攻撃を防いだんです」

「す、数万キロ？　確か、1メートルがこれくらいで、その千倍が1キロメートルだから、えと……めちゃくちゃ長いですよね？」

ジルコニアが画面を見つめながら、信じられない、といった顔で言う。

「めちゃくちゃ長いです。完成させるのにも、ものすごい期間がかかったそうで……バレッタさん、どのくらいだったか覚えてます？」

「最初の工事を起点とするなら、現存している物の完成までは2000年くらいですね。途中で移転とか修繕が繰り返されたと書いてありました」

「いや、かかりすぎだろ……完成するまで、俺らの国が残ってるのかすら怪しいぞ」

ルグロが渋い顔になる。

確かに壮大すぎるプロジェクトなため、すぐに防衛効果を発揮させるのは難しい代物だ。

「そうだね。でも、部族の人たちを安心させるにはいい計画だと思うんだ。工事の間は、彼らやバルベールの人たちは職にありつけるんだしさ」

「ああ、戦後の大不況対策にするわけですか。大勢が職にありつけるわけですし」

なるほど、といった様子でジルコニアが頷く。

「ええ。あと、同盟国からも作業員を招集して、現地で一緒に作業させるのはどうかなって。お金は、バルベールからの賠償金を当てればいいかと」

「現地にたくさん商人を呼び込んで、作業員が稼いだお金はそこで使ってもらえばいいですね。商人には税をかければ、お金がぐるぐる回って、結局は私たちのところに戻ってきますし」

「ですね。バルベールの国境線が人口過密地帯になるかもですけど」

「ふむ……最初はいがみ合うでしょうが、長期間一緒に作業をさせていけば、時間が経つにつれて関係も改善するやもしれませんな。すべての国を巻き込んだ、巨大な経済圏が作れそうです」

ナルソンが感心した顔で頷く。

「それと、講和を結んだ後の生活がどう変わるかを教えてあげるんです。機能的な新たな住居と街、充実した食生活、先進的な医療設備、それに加えて、交易で得られるさまざまな品物の数々。それらの紹介動画を大急ぎで用意するんで、それを彼らに見てもらいましょう」

「ふむ。それをするにはかなりの資材と資金が必要になると思うのですが、それも賠償金を使うのですか？」

「使いますけど、俺が神の国から資材を大量に調達してきます。生産に時間のかかる医療道具や薬、肥料、工事に使う工作機械なども持って来るので、ナルソンさんは何も心配しなくていいですよ」

「そ、そこまでしていただけるとは……いつもいつも、本当にありがとうございます」

ナルソンが恐縮した様子で、深々と頭を下げる。

「いえいえ。それに、これが最後の大掛かりな支援になると思うんで。これさえ乗り越えれば、もう大丈夫でしょうし」

「はい。戦争さえ完全に終わらせてしまえば、あとは内政だけに注力できますからな。殿下、いかがでしょうか？」

「いいじゃんか！　これだよこれ！　俺はこういうのを求めてたんだよ！」

ルグロが嬉しそうに言う。

「戦争も政争も、もうたくさんなんだよ。皆で一致団結して、1つの目標に向かう。そんで仲良しになってお互い繁栄する。最高じゃねえか！　さすがカズラだぜ！」

ルグロが手を伸ばし、一良《かずら》の肩をばんばんと叩いた。

「はは、気に入ってもらえてよかったよ。これで、彼らが納得してくれればいいけど」

「だな！　早速、父上に連絡……っと、リブラシオール様、勝手に進めてしまってすみません。これでいいっすかね？」

置物状態になっているマリーに、ルグロが話を振る。

「えっ!?　あ、は……う、うむ！　それでよいと思うぞ！」

急に振られてテンパったマリーが答える。

実のところ、母親のことで頭がいっぱいで、話をまったく聞いていなかったりするのだが。

ティティスにした説明と同様に、ルグロたちにも「マリーにはリブラシオールが憑依していて、ちょこちょこ本人の人格と入れ替わる」と話してある。

ルグロたちは特に疑うでもなく、「そうなのか」といった感じで納得していた。

その時、天幕の外からバイクのエンジン音が近づいてきた。

「うわ⁉　リーゼ様！　止まってから降りてくださいよ！」

ハベルの慌てた声が聞こえてすぐ、ばっと天幕の入口が開き、リーゼが飛び込んで来た。

「カズラッ！」

「おっ！　おかうおっ⁉」

座ったまま振り返っていた一良《かずら》にリーゼが飛びつき、ものすごい勢いで頬ずりを始める。

「会いたかったよおおお！　寂しくて死にそうだったんだからあああ！」

「ちょ、ちょっとリーゼ！　落ち着け！」

「やーだー！　……あっ」

ルグロやナルソンが目を点にしているのに気づき、リーゼがそそくさと体を離す。

「こ、こほん。殿下、お父様、お母様。ただいま戻りました」

「お、おう。おかえりさん」

「……ご苦労だった。はあ」

「ふふ、おかえりなさい。お疲れ様」

普段とのギャップに面食らっているルグロと、ため息をつくナルソン。

ジルコニアはリーゼの素が楽しかったのか、くすくすと笑っている。

リーゼはあまり誤魔化す気がないのか、気恥ずかしそうに「えへへ」と頭を掻いていた。

バレッタは少々頬を引くつかせていた。

「え、えっと。交渉は無線で連絡したとおりです。アロンドに話を持ち帰らせたところで、今は蛮族の返答待ちです。あと、カーネリアン様はムディアに向かわれました。兵士たちに、交渉結果をすぐに伝えたいとのことで」

「あ、リーゼ。これからは蛮族じゃなくって部族って呼ぶことになったんだ」

「そうなんだ。うん、気を付けるね」

「それと、リスティルさんは？　一緒に帰ってきたんだろ？」

「うん！　イクシオス様のバイクに乗って来たよ」

するると、再び天幕の外からバイクの音が近づいて来た。

キッ、と停車する音が響く。

「着いたぞ。降りろ」

「は、はい」

「っ！」

聞こえてきた声に、マリーが天幕の外に飛び出した。

一良《かずら》も立ち上がり、入口へと向かった。


「あああああん！　おがあざあああああん！」

マリーがリスティルにしがみつき、わんわんと大声で泣きじゃくる。

その後ろでは、イクシオスとマクレガー、ティタニアとオルマシオールが微笑ましそうにそれを眺めている。

「大きくなったわね……また会えるなんて、夢みたい」

リスティルはマリーをぎゅっと抱き締め、涙を零しながら頭に頬ずりする。

そして、天幕から出て来た一良《かずら》たちに、リスティルはぺこりと会釈をした。

「リスティル。この人がカズラです。その後ろにおられるのが、ルグロ殿下で――」

リーゼが一良《かずら》たちを紹介する。

「マリー、ちょっとごめんね。皆様にご挨拶しないと」

リスティルはマリーをそっと離れさせると、一良《かずら》に深々と腰を折った。

「リスティルと申します。マリーが大変お世話になっていると聞いております。本当にありがとうございます」

「こちらこそ、マリーさんには日頃からお世話になりっぱなしで。ナルソンさん、リスティルさんもこちらで雇うってかたちでいいですよね？」

「はい。我が邸宅で侍女として働いてもらいましょう。身分も平民とするよう、手続きしておきますので」

「というわけなんで、これからよろしくお願いしますね」

にこりと微笑む一良《かずら》に、リスティルがとても嬉しそうに頷いた。

「ありがとうございます。このご恩は生涯をかけてお返しいたします」

「はは。まあ、そう気を張らずに、気楽にいきましょう。さて」

一良《かずら》がバレッタに振り返る。

「これから、大急ぎでグリセア村に戻ります。バレッタさん、エイラさん、一緒に来てもらえます？」

「えっ⁉　カズラ、私は⁉」

バレッタの隣にいたリーゼが、不満げな顔で言う。

「来てほしいけど、そうもいかないだろ？　交渉の責任者なんだしさ」

「カズラ殿、こちらは私のほうでやっておきますので、リーゼも連れて行ってください」

ナルソンが口を挟む。

「いいんですか？」

「はい。あまり使い倒してもかわいそうなので。もう十分経験は積めたでしょうし、一息つかせてもよいかと」

ナルソンの言葉に、リーゼは「やった！」と喜んでいる。

「それで、準備が整うまで、部族連中に攻撃を思いとどまらせる必要がありますが、時間はどれくらい必要でしょうか？」

「ええと……6日、お願いします」

「6日ですか……分かりました。何とかやってみます」

「あと、バイクは半分持って行きます。乗り物も追加で調達するので、運転できるを人をすぐに集めてください。医薬品は全部使い切ってもいいので、バルベールと部族の怪我人や病人を治療するといいと思います。我々の力を認知させるのには、ちょうどいい機会かと」

「なるほど、確かにそうですな。そうしましょうか。ティティスとフィレクシアはどうしますか？」

「カイレンさんに引き渡しちゃっていいかと。講和も決まりましたし、約束は守らないとですから」

「承知いたしました。カイレン将軍には私から無線で伝えておきます」

一良《かずら》がリーゼに目を向ける。

「村から帰ってくる時に、バレッタさんたちと連携して、バイクに乗りながら動画編集を頼む。

時間がないから、集めた動画からのつぎはぎと字幕を作ってほしいんだ」

「うっ……わ、分かった。頑張る」

「ねえ、ナルソン。私も行っていい？ 私のやること、もう何もないと思うんだけど」

ジルコニアがナルソンに聞く。

「分かった、分かった。好きにしろ」

「やった！ 生チョコ食べれる！」

「ナルソン様、私も護衛として付いて行ったほうがいいと思うのですが」

うきうき顔のジルコニアを見て、イクシオスが自分もと申し出る。

そんな彼に、マクレガーとナルソンは呆れ顔になった。

「お前、ただバイクを乗り回したいだけだろ……」

「い、いや、そういうわけじゃないぞ」

「はあ。イクシオス、これからバーラルに医薬品を運ぶ必要があるんだ。お前には運転手をしてもらう。それでいいか？」

「はっ。承知いたしました」

ナルソンに言われ、キリッとした顔でイクシオスが敬礼する。

バイクが運転できれば、それでいいようだ。

「オルマシオール様、カズラ殿の護衛をお願いできますでしょうか？」

ナルソンに話を振られ、オルマシオールが頷く。

ティタニアが、「私は？」といった顔で一良《かずら》を見ながら、前足で自分を指した。

「ティタニアさんは、ここでウリボウたちの通訳をしてください」

「クゥン……」

ぺたん、と耳と尻尾を垂らすティタニア。

日本から持って来る食事にありつきたかったようだ。

ぷっ、と思わず吹き出すオルマシオールを、ティタニアが恨めしい目で見る。

「そ、それじゃあ、行きますかね。バレッタさん、リーゼ。バイクの燃料を補充しよう」

「はい！」

「うん！」

そうして、一良《かずら》たちは大急ぎでグリセア村まで戻ることになったのだった。

すぐにムディアを出発した一良《かずら》たちは、数時間バイクを走らせて国境沿いの砦に向かっていた。

普段一良《かずら》の護衛に付いているニィナたち村娘も一緒だ。

カイレンの副官であるセイデンも一緒で、グリセア村の若者が運転するバイクのサイドカーに乗っている。

「こんなに早く砦に着くとは……」

遠目に見えてきた国境沿いの砦を眺め、セイデンが唸る。

現在は移動中に襲われる心配がまったくないため、かなりの速度でバイクを走らせている。

道が平坦だったことも手伝って、わずか3時間少々でここまで来たというわけだ。

「無線機といい、このバイクといい。いくら我らが鉄器や新兵器をそろえて軍団を増設しても、勝てるわけがなかったということだな……」

「そりゃそうだよ。まったく、さっさと降伏してれば余計な死人を出さずに済んだのに」

若者は運転しながら、ため息交じりにセイデンに言う。

「交渉中に軍が動き出した時なんて、俺ら皆で『あーバカだなぁ』って呆れてたんだぞ？　死んだ議員さんたち、きっと今頃地獄で酷い目に遭ってるよ」

「……言ってくれるではないか。議員たちが地獄行きだと、どうして分かる？」

不快そうに顔をしかめるセイデンに、若者が眉間に皺を寄せる。

「いや、そんな顔されても……俺は見たことないけど、天国と地獄って本当にあるらしいし」

「天国と地獄が？　どういうことだ？」

セイデンに聞かれ、若者が「いけね」と漏らす。

警備に立っていた折にバレッタと一良《かずら》が話していたのを立ち聞きして知っていたのだが、うっかり口が滑ってしまった。

「おい、何が『いけね』なんだ？」

「あー、いや……まあ、悪いことはしないほうがいいってことだよ。神様には逆らっちゃダメなんだって」

「何が何やらさっぱりだぞ。ちゃんと話せ」

「あ、後でカズラ様に聞いてみなよ。俺が言うのはまずいと思うから」

彼らがそんな話をしているうちに、砦の防御陣地に到着した。

あらかじめ無線で連絡を受けていたロズルーの妻のターナたち女性陣と侍女たちが、丘の上の城門の前で大きく手を振っている。

市民兵も大勢集まっており、城壁の上や門の前で歓声を上げて一良《かずら》たちを迎えた。

「カズラ様、おかえりなさい！」

「お疲れ様でした！」

「皆、早く燃料を補給して！」

女性陣がガソリン携行缶を手にバイクに駆け寄る。

ターナと侍女たちが、おにぎりとコップの載ったお盆を手に一良《かずら》たちに歩み寄った。

オルマシオール用に、ミャギの丸焼きもある。

「カズラ様、お疲れ様でした。お食事をどうぞ。あなた、おかえりなさい」

ターナがバイクに跨っているロズルーに、にこりと微笑む。

「ああ、ただいま。ミュラは？」

「あら？　さっきまで一緒にいたんだけど……」

ターナが背後を振り返る。

すると、一抱えほどもある木箱を手にしたミュラが、コルツやルグロの子供たちと一緒に駆けて来た。

「お父さん、おかえりなさい！」

ミュラが満面の笑みで言い、木箱の中身をロズルーに見せる。

そこには、綺麗な花の冠がたくさん入っていた。

「うお、これはすごいな。ミュラたちが作ったのか？」

「うん！　ルルーナ様たちも一緒に作ってくれたの！」

「そうか、そうか。ありがとな」

ロズルーに頭を撫でられ、ミュラが嬉しそうに微笑む。

かがんだロズルーの頭に、ミュラが花の冠を載せた。

その様子を微笑ましげに一良《かずら》が見ていると、ルルーナとロローナが歩み寄って来た。

「カズラ様、対バルベール戦線の勝利、おめでとうございます」

「多大なるご支援、王家と国民を代表して、感謝申し上げます」

深々と腰を折る２人。

いつもながら、礼儀正しくて大変よろしい。

「いえいえ。こちらこそ、ご尽力感謝いたします」

「カズラ様！　冠をどうぞ！」

末妹のリーネが花の冠を手に、一良《かずら》に駆け寄る。

一良《かずら》がしゃがんでそれを被せてもらい、コルツに目を向けた。

コルツはバイクに興味があるのか、一良《かずら》の乗っているバイクの周りをうろちょろしている。

「コルツ君、左腕の具合はどう？　痛んだりしない？」

「うん。大丈夫だよ。もう傷口も完全に治っちゃってるし」

ほら、とコルツが袖を捲り、左腕を見せる。

傷口は綺麗に塞がっており、肌はつるんとしていて痕もない。

まだそれほど日数は経っていないというのに、驚異的な回復力だ。

「おお、ほんとだ。大丈夫そうだね」

「うん！　だから、心配しなくていいよ！　俺、右手だけでも、大体のことはできるから！」

コルツが、にっと笑顔を一良《かずら》に向ける。

「コルツのことは私が面倒見るから大丈夫です！　ね、コルツ？」

ミュラがこちらを振り向き、可愛らしく微笑む。

コルツは恥ずかしそうに顔を赤らめ、「う、うん」と頷いていた。

２人とも仲良くやっているようだ。

そうしていると、慌てた様子でルティーナが駆けて来た。

どういうわけか、鼻血を垂らしている。

「でっ、出迎えが遅くなり申し訳ございません！　このたびの戦の勝利、おめでとうございます！　うええ……」

「うわ、ルティーナさん、鼻血出てますよ!?」

「すみません。慌てて走ってたら、転んでしまって」

てへへ、とルティーナが頭を掻く。

バレッタが駆け寄り、ハンカチを差し出した。

ありがと、と礼を言ってそれを受け取り、鼻を押さえる。

「さっき、ルグロと無線で話しました。部族とも講和を結ぶのですね？」

「はい。すべての戦争を終わらせてしまおうと決まったので。上手くいけば、これで全部終わりです」

一良《かずら》が言うと、ルティーナはほっとした様子で微笑んだ。

「ああ、よかった。もうすぐ皆、家に帰れるのですね！」

「ですね。そのためにも、急がないと」

一良《かずら》がセイデンに振り向く。

「セイデンさん。あなたはこのまま、グレゴルン領方面の港町……ラキールでしたっけ。そこに向かってください。一応、護衛も付けますから」

「承知しました。さあ、行こうか」

おにぎりを手にしたまま侍女を口説いている若者に、セイデンが声をかける。

「えっ？　食事は？」

「私が持っててやるから、走りながら食え。一刻を争うんだぞ」

「うう、分かったよ。少しくらい休みたかった……」

若者はおにぎりをセイデンに渡すとアクセルを捻り、近衛兵の運転する2台のバイクを従えて、丘を下って行った。

「俺たちもすぐに出発しないと。皆さん、急いで食事を済ませてください」

一良《かずら》が言うと、すぐ後ろでバイクに跨っているリーゼが「えー」と声を上げた。

「少しくらい休もうよ。もうクタクタなんだけど」

「ダメダメ。村に着いたら休んでいいから、もう少し頑張れって」

「もぐもぐ……そうよ。これくらいで、だらしないわねぇ」

「むぐむぐ……リーゼ様、あとちょっとですから。頑張りましょう」

ジルコニアとバレッタに言われ、リーゼが疲れた顔で「あー」と天をあおぐ。

リーゼは朝にバーラルを出てから運転しっぱなしなので、かなり疲れているのだ。

「お尻いたーい。腕も痺れたー。カズラ、元気ちょーだい。ちゅーして」

「もぐもぐ、よし、行くか！　出発！」

「無視⁉　おにぎり、まだ食べてないんだけど⁉」

あっという間におにぎりを食べ終えた一良《かずら》が、アクセルを捻って砦内へと走り出す。

リーゼは慌てて片手でおにぎりを2つ掴むと、「お、お気をつけて」と手を振るターナたちに見送られて彼の後に続くのだった。


「ねえねえ、バレッタ」

夕日を背にバイクを走らせながら、ニィナがバレッタのバイクに並走させて声をかけた。

バレッタはミュラたちから貰った花の冠を腕にかけており、鼻歌混じりでずいぶんと機嫌がよさそうだ。

「ん、なあに？」

「今朝からずっとご機嫌じゃん。カズラ様と、何か進展したの？」

2台前を走るリーゼの背を見ながら、ニィナが小声で聞く。

「特に何もないよー。えへへ」

にへら、と表情を緩めて言うバレッタ。

ニィナが怪訝な顔になる。

「顔、とろけてるじゃん。いいことあったんでしょ?」

「うん。えへへ」

ニコニコ顔で言うバレッタに、ニィナがニヤリとする。

「ってことは、上手くいったってことね? キスくらいしたの?」

「キ、キスなんて、そんなのしてないよ」

「はあ? 何それ? リーゼ様がいない間に、上手いこと出し抜いたんでしょ? カズラ様をモノにしたんじゃないわけ?」

ニィナが言うと、バレッタの表情が強張った。

一良《かずら》に対して特に何をしたわけでもないのだが、何となく後ろめたい気持ちが湧き起こる。

「そ、そんなんじゃないよ……」

「ふーん? まあ、最近のあんたたちを見れば大丈夫だとは思うけどさ。最後まで油断しちゃダメだよ? 勝ったと思って安心してる時が、一番危ないんだから」

「……」

バレッタは勝った負けたなどという考えかたをしたことはなかったが、そう言われるとものすごく嫌な気分になった。

自分が相手の立場なら、と常日頃から考えてしまう癖で、どうしても彼女のことを考えてしまう。

それ自体、自分が優越感に浸っているとも認識してしまい、なおのこと気分が落ち込んだ。

「ほらまた、そんな顔して。『リーゼ様に悪いなぁ』とか思ってるんだったら、もういい加減腹を括りなさい。重婚するっていうなら、話は別だけどさ」

「……う」

「ちょ、ちょっと。何でいきなり顔色が白くなるのよ。重婚のくだりは冗談だって」

途端に死人のような顔つきになったバレッタに、ニィナが慌てる。

ニィナ個人としては、重婚という行為はあり得ないと考えている。

いくら仲のいい親友であっても、それがたとえバレッタとであっても、夫をシェアするなどという行為はとても耐えられる気がしない。

きっとそれは、バレッタも同じだろう。

「もしかして、カズラ様って、リーゼ様も娶ろうとしてたりするの？　みんな一緒に、みたいな」

「分かんない……けど、日本の法律だと重婚は禁止されてるよ」

「日本？　神様の世界のこと？」

「うん……」

「なんだ、そうだったの。なら、大丈夫じゃない？」

ニィナがやれやれといったように息をつく。

「でもまあ、もし重婚するとか言われたら、こう言ってやりなよ。『アイザック様とカズラ様で、私をシェアするのを想像してみて』って」

「な、何でそこでアイザックさんが出てくるの？」

「だって、あの2人って超仲いいじゃん。もしアイザック様が女だったら、カズラ様は絶対にアイザック様とくっついてるよ。アイザック様が男で本当によかったよ」

「ええ……」

「だから、重婚するとか言い出したら、『アイザック様と毎晩交互に私を抱けるのか⁉　あんたはそれが許せるのか⁉』って言ってやればいいのよ。ついでに、法律違反も突いてさ」

「いつも思うけど、ニィナってやたらと過激なこと言わせようとしてくるよね……」

そうしてしばらく走り、月が顔を出す頃にグリセア村に到着した。

守備隊の兵士たちが大きく手を振って、一良《かずら》たちを迎える。

一良《かずら》はそれに手を振り返し、そのまま村の中へと入った。

「カズラ様、お疲れ様です！」

「カズラ様、おかえりなさい！」

「あっ、オルマシオール様だ！」

停車した一良《かずら》のバイクに、村人たちが駆け寄る。

子供たちはオルマシオールに群がり、顔やら尻尾やらをもふもふと触りまくっている。

オルマシオールは慣れたものなのか、微動だにせずされるがままになっていた。

「出迎えありがとうございます。明日の昼か夜に、物資をたくさん持ってきます。荷馬車は用意できていますか？」

「はい。今ある守備隊のものに加えて、イステリアからも来ることになってますよ。明日には到着すると聞いています」

「了解です。それじゃ、俺はこのまま神の世界に戻るんで」

「あっ、カズラ様。その前にお伝えしないといけないことが」

若い女性が一良《かずら》に声をかける。

「さっきアイザックさんから無線連絡があって、時間があったらお話ししたいとのことです。相談ごとがあるとのことで」

「ん、そうですか。なら、今話しちゃいましょうかね。リーゼ、アンテナを東北東に向けてくれ」

「うん」

リーゼが携帯用アンテナを取り出し、東北東に向ける。

一良《かずら》が呼びかけると、すぐにアイザックが出た。

『カズラ様、お忙しいところ申し訳ございません。どうぞ』

「いえいえ、大丈夫ですよ。それで、相談って何ですか？　どうぞ」

『それが、カーネリアン様が「政治の仕組みについて、グレイシオール様に助言をいただきたい」とのことで。ムディア制圧後に詳しく話を聞いたのですが――』

アイザックが事の顛末を説明する。

カーネリアンは、現在のクレイラッツで行っている直接民主制という仕組みに限界を感じているということ。

現状、自分の意思決定に意見する者がまったくおらず、半ば独裁のような状態になってしまっていること。

自分がいなくなった後、後継者が国を自分の物のように扱う可能性や、軍部が発言力を持ちすぎて政治権力に偏りが起こる可能性を危惧しているといったことを話した。

『――というわけでして、国家の政治形態とはどうあるべきなのかの意見が欲しいそうです。どうぞ』

「なるほど……分かりました。最良の政治形態と言えるかどうかは分かりませんけど、後で俺が相談に乗ることにします。どうぞ」

『あっ、いえ、カズラ様がグレイシオール様であることは、クレイラッツの者たちには伏せているので。別の者を間に挟むべきかと。どうぞ』

一良《かずら》がグレイシオールであるということは、信奉する神が違うということからクレイラッツ人には伏せてある。

カイレンやバルベールの重鎮たちには脅しを行った都合で暴露してしまっているので、今さら感はあるのだが。

「あー、そういえばそうでしたね。まあ、カイレンさんたちには話しちゃってるんで、今さらなんで彼らにも話してしまいましょう。後から人づてに知って不快に思われてもアレですし。どうぞ」

『承知しました。では、また後ほど。どうぞ』

「はい。戻ったら2人で酒でも飲みましょう。通信終わり」

一良《かずら》は無線機を腰に戻し、バレッタに振り返った。

「バレッタさん、村にあるもので、先に前線に送る必要があるものってありましたっけ？」

「……」

「バレッタ、カズラが呼んでるよ？」

リーゼに声をかけられ、ぼうっとしていたバレッタが、はっと顔を上げる。

「あっ、はい！　何ですか？」

「村にあるもので、先に前線に送る必要があるものはあったかなって」

「ええと……火薬とか爆弾は定期的に輸送してますから、急いで送るものは特にないですね」

「そっか。なら、俺が戻って来るまで皆は休憩で。バレッタさんも、ちゃんと休んでくださいね。すごく疲れてるみたいですし」

「は、はい……」

　浮かない顔のバレッタに、リーゼが小首を傾げる。

「それじゃ、俺はこれで」

「ねえ、今日はこっちで休んで、あっちに行くのは明日にしたら？　カズラも疲れた顔してるよ？」

　リーゼがバレッタから一良《かずら》に視線を移す。

「いや、とにかく急がないとだし、今日中にできるだけ発注を済ませたいんだ」

「うーん……なら、電話で発注したら、また戻って来るのは？　それで、明日の朝一でまたあっちに行くのはどうかな？」

「カズラさん、そうしたほうがいいですよ。疲れて夜道を運転して、事故を起こしたら大変ですよ？」

「日本でカズラさんに何かあっても、私たちは何もできないんですから。今日のところは、こちらで休んだほうがいいですよ」

　バレッタとジルコニアも、リーゼに続く。

　エイラも、うんうん、と頷いていた。

「カズラ様、夕食の用意もできていますから、今日のところはお休みしてはいかがでしょうか？」

「カズラ様、疲れたらちゃんと休まないとです！」

先ほどの女性と、4歳くらいの女の子も心配そうに言う。

「……じゃあ、そうしますか。発注だけして、戻ってきますね」

一良《かずら》が言うと、皆がほっとした様子で微笑んだ。

「うん。それがいいよ。ご飯食べたら、お風呂で背中流してあげよっか？」

リーゼが「にひひ」とそんなことを言う。

「そんなことしなくていいって……んじゃ、行ってきます」

そうして、一良《かずら》はバイクに乗ったまま、雑木林へと去って行った。

リーゼたちはその場にバイクを残し、ぞろぞろとバリン邸へと向かう。

「ねえ、マヤ」

それを見送りながら、ニィナがマヤに声をかけた。

「ん？　どしたの？」

「もしもさ。マヤが私と同じ人を好きになったとして、その人が2人とも妻になってくれって言ってきたらどうする？」

「ええ……いくらニィナとでも、それは無理だよ。ていうか、言われた瞬間にそいつのことぶん殴るよ」

心底嫌そうな顔で、マヤが言う。

「だよねぇ……」

「あ、でも、カズラ様だったら別にいいかな。何か、そういう枠を飛び越えてる存在だし。すっごく大事にしてくれそうだしさ。ニィナと乳繰り合ってるのを見ても、我慢できるかも」

「そ、そう」

「おーい、早く行こうよ！　ご飯食べよ！」

先に歩き出していた娘たちが、２人を呼ぶ。

ニィナたちは「今行く！」、と答え、駆け出した。

一方その頃。

部族軍の陣地では、大きな焚火を囲んで盛大な酒盛りが行われていた。

バルベールが講和に合意したことがすべての兵士たちに伝えられ、少し早いが戦勝の祝賀会を開くことになったのだ。

アロンドと彼の従者たちもおり、じっと焚火を囲んでいる。

「貴様らが納得してくれて、ほっとしたぞ。一時はどうなることかと思ったわい」

ゲルドンが上機嫌な様子で、鳥のモモ肉にかぶりつく。

この場にはすべての族長と戦士長が集まっており、わいわいと騒ぎながら料理を頬張っていた。

今食べている物は、バルベール側から送られてきた根切り鳥だ。

暴れる根切り鳥をウズナが押さえつけ、てきぱきと解体しては火にかけられた青銅の板に置いていく。

つい数時間前にはあわや刃傷沙汰になりかけていた強硬派の族長たちが、豪快に笑った。

「すまん、すまん。あの時は、俺たちも頭に血が上ってしまってな」

「ああ。首都を手に入れられないのは残念だが、北部の街をいくつも手に入れられるのだから、まあ悪い話ではないな」

笑う彼らに対し、ゲルドンに近しい族長たちも同意して笑う。

だが、その表情はわずかに強張っていた。

「皆様、お酒をお持ちいたしました」

アロンドの従者の老人のキルケが、酒の入ったコップを皆に配る。

最初にそれを受け取った族長のメジルが、立ち上がった。

「では、戦勝を祝して乾杯といこうではないか！　景気よく、一気に飲み干そうぞ！」

おお、と彼の傍にいる族長たちが、コップを掲げる。

ゲルドンたちも同じように、笑顔でコップを掲げた。

メジルがそれを見て、ニヤリと笑う。

「勝利を祝して、乾杯！」

「「「乾杯！」」」

ぐいっと、皆が一斉に酒をあおった。

全員がゴクゴクと喉を鳴らして、酒を飲み干す。

「ふう、これはなかなか強い酒……がっ⁉」

ゲルドンが喉を押さえ、コップを落とす。

「ゲルドン⁉　どうし……か……はっ」

慌てて駆け寄ったウズナも、同じように喉を押さえてその場に膝をついた。

２人とも顔を真っ赤にして地面に倒れ込み、ガクガクと体を痙攣させる。

ゲルドン派の族長たちも、次々に喉を押さえて倒れ込んだ。

彼女たちの口から、血が滴る。

メジルがそれを見て、ふん、と鼻を鳴らした。

「毒入りの酒は美味かったか？　この腰抜けどもめ」

彼はそう吐き捨てると、ゲルドンに歩み寄ってその背を蹴り飛ばした。

ゲルドンが口から血を流しながら、メジルを見上げる。

メジルはその顔に、ぺっ、と唾を吐きかけた。

「これより、全軍の指揮は俺が執る！　夜明けと同時に、首都を攻め落とすぞ！」

「だからダメだと言っているだろうが！」

ゲルドンが立ち上がり、メジルの頬を思いきり殴り飛ばした。

完全に不意を突かれたメジルは吹っ飛び、地面に倒れ込む。

メジルの宣言に声を上げようとしていた族長たちは、ぎょっとして固まった。

「部族協定違反だ！　このバカどもを縛り上げろ！」

唖然とした顔でその様子を見ていた戦士長たちに、ゲルドンが命令する。

口に指を突っ込み、動物の腸で作った血入りの袋を、摘まみ出して地面に投げ捨てた。

「何を突っ立っているのだ！　見てのとおり、こいつらは仲間を毒殺しようとしたのだぞ！」

「本当に仲間を手にかけようとするとは……何と愚かな連中だ」

「ああ、くそ……俺は信じていたのだぞ」

ゲルドン派の族長たちも身を起こし、やるせない顔で口々に言う。

メジルは酷く動揺した顔で、地べたに座ってもぐもぐと鳥肉を頬張っているアロンドを見た。

「ア、アロンド！　貴様、謀ったのか⁉」

「風向きが変わりましたので。こうするより、他にありませんでした」

アロンドが申し訳なさそうな顔を、メジルに向ける。

「ふざけるな！　バルベールを丸ごと手に入れれば、俺たちが世界を支配できると言ったのは貴様ではないか！」

顔を真っ赤にしてアロンドに飛び掛かろうとしたメジルの肩を、戦士長の1人が掴んだ。

彼はメジルの部族の戦士長の１人だ。

他の強硬派の族長たちにも、それぞれ彼らの戦士長たちが駆け寄って腕を捻り上げる。

「協定に基づき、拘束させていただく。諦めろ」

「は、放せ！　誰に口を利いている⁉」

「族長は私が引き継ぐ。異論のある奴は？」

周囲にいた兵士たちが一斉に、異論なし、と声を上げた。

メジルたちが、唖然とした顔になる。

ここまできてようやく、彼らは戦士長たちがクーデターを起こしたことを理解した。

アロンドが立ち上がり、メジルたちに目を向ける。

「メジル様。皆が求めているのは、安住の地なのです。今、バーラルを攻撃すれば、たとえ占領できたとしても、同盟国と手を組んだ彼らと東の異民族との戦いですさまじい損害を出すことになるでしょう。お気持ちは分かりますが、ゲルドン様に従うべきです」

アロンドがゲルドンに目を向ける。

ゲルドンは頷き、拘束されている族長たちを見渡した。

「俺は貴様らを殺すつもりはない。今回のことといて、部族同盟のことを思ってのことというのは分かるからな。講和が締結したら解放するし、各部族に平等な土地と報酬の配分を約束する。だから、今は黙って私に従ってくれ」

ゲルドンの静かな言葉に、メジルは怒りに顔を歪ませた。

「この腰抜けどもが！　奴らに寝首をかかれて、後悔することになるぞ！」

「連れて行け」

ゲルドンの指示で、戦士長たちがメジルたちを連れ去って行く。

ゲルドンは疲れたため息をつき、アロンドに目を向けた。

「まったく、こうも計画通りになるとはな。貴様は予言者か何かか？」

「彼らが単純なだけですよ。それに、彼らの戦士長たちは世代交代を望んでいましたし」

万が一に備え、アロンドは各部族を回って主だった者たちと親交を深めていた。

雑談の中で彼らの戦争に対する考えかたも聞いており、戦士長たちが世代交代を望んでいることも感じていた。

強権的な強硬派の族長たちは損害も厭わずに戦わせるため、いくら略奪品を得られると言っても、不満に思う者たちが少なからずいたのだ。

東部地域でも緒戦はバルベール軍の不意を突いて快進撃をとげたが、その後がよくなかった。

彼らは攻め落とした街や村で略奪の限りを尽くし、捕らえた兵士は皆殺しにしたため、バルベール軍のみならず市民までもが死に物狂いで戦ったからである。

その点、ゲルドン派の者たちは、アロンドの立てる戦争計画のおかげで、少ない損害で大きな戦果と大量の物資を得ることができていた。

降伏した村落の住人には一部の物資と労働力を提供すれば略奪はしないことを約束し、補給拠点兼、非戦闘員の滞在場所として確保した。

捕らえたバルベール兵は労働力として使うが、少数を解放して降伏すれば殺されないことを伝えさせたりもした。

そういったことの積み重ねで、西部地域では後方へ負傷者を移送したり、占領都市からの補給を行うことができたので傷病による死者が比較的少なかったのである。

被害が少なく補給も順調、怪我や病気をしても助かるアテがあるとなれば、兵士たちも安心できる。

族長の指示に従っていれば安心だ、と皆が考えるようになったのだ。

当然ながら、東部地域で戦ってきた者たちは西部地域の話を聞けば羨むし、自分たちの族長のやりかたに疑問も覚える。

アロンドはそれを利用し、今回の暗殺未遂計画を成功させたのだった。

「ゲルドン様、もう一息です。バルベールの地に、我らの新たな国を作りましょう」

「そう上手くいけばいいがな。メジルたちの言ったとおりになったら、目も当てられん」

「ここまでアロンドの言うとおりにしてきたのに、何を言ってるのさ。腹を括りなよ」

顔をしかめて言うウズナに、ゲルドンが頭を掻く。

「いやぁ、こいつの言うとおりにしてすべてが上手く行っているのが、少し癪《しゃく》というか寂しくてな。世代交代は、もっと後になると思っていたんだが。もう、お前ら2人に任せてもよさそうだ」

「はぁ？　それはどういう……」

そこまで言ったところでウズナは言葉の意味に気づき、一気に顔を赤くした。

アロンドはまさかゲルドンからそんな言葉を聞くとは思っておらず、引き攣った表情で彼を見ている。

そんな2人に、ゲルドンは豪快に笑い声を上げるのだった。

第3章　終戦に向けて

バレッタたちと別れた一良《かずら》は、真っ暗な雑木林をバイクで抜け、石畳の通路へとやって来た。

バイクをその場に停め、通路を通って日本へと戻る。

久方ぶりの屋敷は、真っ暗でしんと静まり返っていた。

「はあ、疲れた……リーゼの言うとおり、こんな状態で夜道の運転は危ないな。今日は早く寝ないと」

ペンライトで足元を照らしながら廊下を歩き、庭へと出た。

月明かりの照らす中、片隅にあった岩に腰を掛けてスマートフォンを取り出し、時間を確認する。

「うお、もうすぐ19時半か。まだかけても大丈夫……だよな？」

電話帳を開き、いつも動画を作ってくれている宮崎に電話をかける。

数コールの後、通話がつながった。

「もしもし、宮崎さんですか？　夜分にすみません」

『志野さん！　おひさしぶりです！　時間なんて気にしなくて大丈夫ですよ！』

宮崎の明るい声が響く。

「はは、ありがとうございます。元気にしてました？　ちゃんとご飯食べれてます？」

『はい！　おかげさまで、家具も新調できたしご飯も食べれてます！　ほんと、志野さんには感謝ですよ！』

以前、宮崎はとある事情で闇金から借金の取り立てに遭って酷いことになっており、一良《かずら》が
あれこれ融通して助けたことがあった。

どうやら平穏な日常を取り戻している様子で、一良《かずら》はほっとした。

「それはよかった。えっとですね、またお仕事を頼みたくて。謝礼は弾みますから、協力してもらえませんか？」

『わわっ、ありがとうございます！　志野さんのためなら、何だってやっちゃいますよ！』

二つ返事で承諾してくれた宮崎に、あれこれと動画用の資料映像の収集を依頼する。

明日一緒に食事でも、との誘いに了解の返事をし、通話を終えた。

「さて、次は……あのホームセンター、20時までだったよな。ギリギリだ」

急いでいつものホームセンターに電話をかけると、すぐにつながった。

相手は女性店員のようだ。

「もしもし、志野と申します。在庫の確認と、注文をお願いしたくて」

『承知いたしました。失礼ですが、お客様のお名前は志野一良《かずら》様でしょうか？』

「はい、そうです」

『少々お待ちください！　あっ、店次長！　志野一良《かずら》様からお電話です！』

少し間を置いて、聞き覚えのある男性の声が響く。

『お電話代わりました。店次長の田沼でございます』

「ん？　田沼さん？」

いつも世話になっているフロアマネージャーの声に、一良《かずら》が小首を傾げる。

「もしかして、また昇進したんですか？」

『はい。先月、店次長になりまして』

「おお！　それはよかったですね！　おめでとうございます！」

『ありがとうございます。それもこれも、志野様のおかげですよ。いつもたくさんお買い上げいただき、ありがとうございます』

「いやいや。こちらこそ、あれこれ融通してもらって。それで、またいろいろと大量に買いたいんですが」

『承知いたしました。本日は何がご入用でしょうか？』

「ええと、肥料の硫黄粉末と鶏糞《けいふん》と――」

あれこれと品名を羅列し、在庫を確認してもらう。

欲しいものはすべてそろっているとのことで、一部の商品は在庫をすべて取り置きしてもらうことができた。

ついでに、ホームセンターには置いていない商品も発注の中継ぎをお願いした。

「すみません。いつもあれこれ頼んじゃって」

『いえいえ。志野様のご依頼でしたらどんなことでも』

「ありがとうございます。それでは、明日伺いますので」

『はい！　ありがとうございました！』

通話を切り、続けてバイク店にも電話をかける。

数コールでつながり、先ほどと同様に一良《かずら》が名乗る。

『志野様ですか！　お電話ありがとうございます！　少々お待ちを……支店長！　石油王です！』

『おおっ！　また大口購入をしてくれるのかな？　って、保留にしろよバカ！』

謎のやり取りが響き、支店長が出た。

ひたすら謝る支店長に「ん？　よく聞こえてなかったんですけど、何かありました？」、と大人の対応をして、用件を伝えた。

『以前お買い上げいただいたのと同じバイクを10台ですね！』

「お願いします。あと、初心者でも乗りやすい、格好いいスポーツタイプのバイクを1台欲しいんです。支店長さんのお勧めのものを買いますから、明日見せてもらえませんか？　値段は気にしないでいいので」

『しょ、承知いたしました！　とびきりのものをご用意させていただきます！』

「お願いします。それと、超小型の軽トラックって、そちらの系列メーカーでありませんか？　狭いところを通るので、できるだけ横幅の小さい物がいいんですが」

『ございますよ！　カタログをご用意いたしますので、ご来店いただいた際にご確認いただければと！』

そんなこんなでやり取りを終え、通話を切った。

「よし、時間は……あー、20時回っちゃったか。さすがにもう無理だよな」

この時間になるとたいていの店は閉まってしまうため、今日できるのはここまでだ。

スマートフォンをポケットにしまい、一良《かずら》は再び屋敷に入った。


通路を抜け、雑木林へと戻って来た。

バイクで戻ろうかとも思ったのだが、夜中に騒音を撒き散らすのはどうかと思い、歩いて戻ることにした。

この時間だと、村人たちは床に就く頃合いだろう。

「やれやれ。本当に疲れたな……」

てくてくと木々の間を歩き、村へと向かう。

こちらの世界に来てからいろいろあったな、と妙にしんみりとしながら歩いていると、突然、ぱっと目の前に人の顔が現れた。

「おぶっ⁉」

「あだっ⁉」

目の前数センチに現れたジルコニアのおでこに一良《かずら》の口が衝突し、それぞれ口とおでこを押さえて呻く。

「い、いてて……ジルコニアさん？」

「いたた……何でいきなりカズラさんが出てくるんですか……」

涙目で一良《かずら》を見上げるジルコニア。

一良《かずら》は状況が飲み込めず、怪訝な顔になる。

「いや、俺としては、ジルコニアさんが目の前に突然現れたんですけど」

「あー……ごめんなさい。どうにかして日本に行けないかなって思って、雑木林を大回りして反対側から通路に向かったんですけど、ダメだったみたいですね」

いてて、とジルコニアが額をさする。

「ああ、なるほど。たぶんですけど、強制転移の範囲は通路を中心に円状になってると思うんです。どの方向から行っても、ダメだと思いますよ」

「そうですか……うう、残念です」

はあ、とジルコニアがため息をつく。

「ん？　ジルコニアさん、お酒飲んだんですか？」

ふわりと漂う果実酒の香りに、一良《かずら》が鼻をひくつかせる。

「はい。ちょっと飲みたい気分になっちゃって。リーゼにも付きあってもらって、家で少《すこ》し飲んできました」

「あ、いいなぁ。戻ったら一緒に飲みましょうよ。そういえば、バレッタさんたちも来てるんですか？」

「いえ、皆は家で休んでます。私は、酔い覚ましに散歩してくるって言って抜け出してきちゃいました。物資の調達は上手くいきそうですか？」

「時間が時間なんで、全部の注文はできませんでしたね。他にもあれこれ用意しないとなんで、明日は急いであちこち回らないと」

「大変ですね。私もお手伝いできればよかったんですけど」

「まあ、これぱっかりは仕方がないですよ」

「……この前、リーゼが『日本に行く方法をカズラが知ってるみたい』って言ってたんですけど、その方法を使うわけにはいかないんですか？」

ジルコニアの問いかけに、一良《かずら》が「あー……」と困り顔になる。

「言えない、ですか？」

「いや……」

一良《かずら》は少し考え、ジルコニアになら話してもいいか、と話すことにした。

というよりも、今まで1人で考えていたが、誰かに意見を聞いてもらいたかったという気持ちが先行した。

「えっとですね、ここだけの話にしてもらいたいんですけど」

「はい！　誰にも言いませんよ！」

「たぶんなんですけど、俺と結婚した相手は通れるようになるんじゃないか、と思ってまして」

「け、結婚……ですか？」

ジルコニアが小首を傾げる。

「ええ。前に、俺の母親が『結婚することになったらちゃんと紹介してよね』って言ってたんですよ。それって、結婚すれば日本に連れて行って会わせることができるって意味に聞こえません？」

「結婚した途端に、その相手が通路を通れるようになるってことですか？」

「そうじゃないかなって。まあ、紹介ってのが、写真を見せろっていう意味なだけかもですけど」

「う、うーん……その時の話では、カズラさんと結婚した相手は日本に行ける、みたいなことをお母さんは言ってたんですか？」

「そういうわけじゃ……でも、その時母に、父が俺をこっちの世界に行くように仕向けた理由を聞いたんですよ。そしたら、『聞いたら絶対に困るから言えない』って言ってて」

一良《かずら》の話に、ジルコニアが口元に手を当てて少し考える。

「つまり、カズラさんはお嫁さん探しのためにこちらの世界にやって来た、と？　困る理由は、それを知ってしまうと自然な関係作りに支障が出てしまうから？」

「かもしれない、と思って……でも、今考えてみると、下手すれば現地で死ぬ可能性もありますし、さすがにそんな理由では送り出さない気がしてきました」

「私もそう思います。現に、言い伝えではカズラさんのご先祖様が酷い目に遭ってるわけですし」

それはそうだろう、といった顔でジルコニアが言う。

「そんな話もありましたね。まあ、彼が本当に先祖かどうかは謎ですけど」

一良《かずら》は以前バレッタから聞いた、グレイシオール伝説を思い返した。

実際、通路の前で、肩口をばっさり斬られた形跡のある白骨死体を見ている。

父や母がこちらに来ていたなら白骨死体を見ているはずで、その理由も推測しているだろう。

そんな場所に、「お嫁さん探し」をさせるために、何も教えずに一人息子を送り出すだろうか。

「それに、定義が曖昧すぎますよ。結婚って、言わば概念的なものとも考えられるじゃないですか。国によって作法は違いますし、通路がそれを判断するってことですよね？」

「もしくは、結婚相手が見つかったと母に伝えれば、母が通路の何かをいじって、俺以外も通れるようにするとかですかね」

「あー、なるほど……カズラさんのお母さんが、こちらの世界の人だという可能性は？　カズラさんが結婚したら、こっちに来て相手に会うつもりとか」

「たぶん違うかと。一緒に暮らしてて、やたらと力持ちみたいなのは見たことないですし。それに、風邪を引いてるのを何度も見たことがあります」

「む、風邪ですか。私たちと同じ体質なら、日本の食べ物を食べていれば病気なんてしないですもんね」

アテが外れたといった顔になるジルコニア。

「そうなんですよ。ジルコニアさんもバレッタさんたちも、俺が持ってきた食べ物を食べてから超健康体になってますもんね。もしもこちらの世界の人間なら、他の病気ならともかく、風邪を引くのはおかしいかなって」

「ですね……他に、お母さんについて気になることは何かありません？」

「んー……やたらと見た目が若いってことくらいですかね。父と同い年なはずなんですけど、めちゃくちゃ若いんですよ」

「若い？　お母さんの年齢は？」

「55歳です。でも、どう見ても30代半ばくらいにしか見えないんです。近所じゃ『美魔女』って呼ばれてるらしいですよ」

一良《かずら》の母親は年齢の割に外見がとても若く、今のところ白髪もない。

髪を染めている姿も、一良《かずら》は一度も見たことがなかった。

思い返せば、一良《かずら》が小学生くらいの頃は、成人しているのかと疑うほどに若々しかった気がする。

一良《かずら》が赤ん坊の頃の写真で母と一緒に映っているものを見た記憶はないのだが、その頃の母の外見はどんなものなのか今さらながらに気になった。

「そ、それはすごいですね。単純に、年齢を詐称してるだけでは？」

「いや、それはないかと。俺が就職して一人暮らしを始めた時に、アパートを借りるので保証人になってもらったことがあるんですけど、生年月日が年齢と一致していたんで」

「なら、化粧をして若く見せている、とか？」

「それもないですね。母はいつもすっぴんなんで」

「お肌の手入れをすごく頑張っている、とかは？」

「化粧水を使っているのは見たことがありますけど、それくらいですね。他には何もやってないかと」

「……それ、本当に人間ですか？　エイリアンとか人工生命体なんじゃないですか？」

映画で覚えた単語を吐くジルコニア。

一良《かずら》としても、いくらなんでも母は見た目が若すぎるとは思う。

だが、いつも一緒にいて慣れてしまっており、あまり気にしたことがなかったのだ。

「見た目が若い以外は、ごく普通の人なんですよ。母から生まれた俺だって、普通の人間ですし」

「むむ……あっ！　なら、他人に成りすましているとかは？　他人の戸籍を乗っ取って、みたいな」

イステール領でもそういう犯罪がたまにありますよ、とジルコニアが付け加える。

「こ、怖いこと言いますね。でも、あり得るとしたらそれくらいかなぁ」

「まあ、もしそうだとしても、お母さんには聞かないほうがいいですね。隠しておきたいことでしょうし」

「うーん……他人の戸籍を乗っ取るにしても、実年齢に近い相手を狙うと思うんですが」

「その時の選択肢が、その相手しかなかったのかもですよ」

いつの間にやら、一良《かずら》の母親が他人の戸籍を乗っ取って成り代わっている犯罪者のような扱いになっている。

実際どうなのかは分からないが、今さら母親を問い詰めてもいいことはないだろう。

謎のままにしておいたほうがよさそうだ。

「それはいいとして、カズラさんのお父さんとお母さんは、来ようと思えばこちらに来れるんでしょう？」

「たぶん。こちらの世界のことを知っていますし、屋敷の床に鉄板が張られていましたし。鉄板は父がこちらに何か重量物を運ぶためにやったことかと。ただ、その何かを運び込んだ形跡が、村には見当たらないんですよね……」

「……1つ、試してみたいことがあるんですけど」

ジルコニアが少し考え、一良《かずら》を上目遣いで見る。

「試す？　何をです？」

「えーと……どうしよ」

ジルコニアが気恥ずかしそうに逡巡し、よし、と頷く。

服の裾《すそ》で、手をゴシゴシと拭った。

「あ、あの？」

「カズラさん、口を少し開けてもらえます？」

「え？」

「ほら、あーんって」

「は、はあ。あーん」

一良《かずら》が口を開くと、ジルコニアはそこに右手の人差し指を突っ込んだ。

　そして、ぐいっと一良《かずら》の舌に指の腹を這わせる。

「ふぉわっ⁉」

「あむっ」

　ジルコニアは一良《かずら》の口から指を引き抜き、それを自分の口に咥えた。

「よし！」

　そしてすぐさま振り向き、通路の方へとすごい勢いで走り出した。

　一良《かずら》が唖然としてそれを見送っていると、再び目の前にジルコニアが出現した。

「うおっ⁉」

「わわっ⁉　だ、ダメか。はあ」

　ジルコニアが赤い顔でため息をつく。

「な、何をやってるんですか？」

「カズラさんの体液を体に取り込めば、もしかしたらいけるかもって……ＳＦ映画とかなら、そういう設定がありそうですし」

「ああ、なるほど……で、ダメだったと」

「はい。あと考えられるのは……カズラさんのこ――」

　ジルコニアが言いかけた時、突然２人の間にエイラが現れた。

　一良《かずら》とジルコニアが、「うわあ⁉」と驚いて飛びのく。

「わわっ⁉　カ、カズラ様……ジルコニア様も」

エイラが驚いた顔で、2人の顔を交互に見る。

「な、何でエイラさんが」

「う……」

エイラが顔を赤くしてうつむく。

「私は試してみたことがなかったので、やってみようと思って……カズラ様がいつも行っている方向に歩いていたら、こんなことに」

「びっくりした……あなたもやってたの」

「えっ。ジルコニア様も試していたんですか？」

「うん。まあ、ダメだったんだけどね」

ジルコニアが苦笑する。

「ねえ、エイラはどうすれば通路まで行けると思う？」

ジルコニアがエイラに聞く。

「あれこれ考えてはいたのですが……カズラ様のご両親はこちらに来たことがあるようなので、結婚するなどしてカズラ様の一族になれば通れるのでは、と」

「あら。カズラさんと同じ意見なのね」

「えっ？」

「ちょ、ちょっと！　ジルコニアさん！」

いきなりバラしてしまったジルコニアを、一良《かずら》が咎める。

「あ、ごめんなさい。つい」

うふふ、とジルコニアが笑う。

「もう、いっそのこと私たち2人ともカズラさんのお嫁さんになっちゃえばいいんじゃない？　お互い、歳も近いことだし」

「「えっ⁉」」

一良《かずら》とエイラの声が重なった時、突如として3人の間にオルマシオールが出現した。

「ワン⁉」

「「わあっ⁉」」

オルマシオールが全身の毛を逆立てて、びっくり仰天する。

「もしかして、オルマシオールさんも試してたんですか？」

一良《かずら》が言うと、オルマシオールは気まずそうに耳をぺたんと垂らした。

『……うむ。こんな暗いなか、森で怪我でもしたら大変だと思ってな。遠巻きに見守っていたんだが、話を聞いていたら試してみたくなったのだ』

「カズラさん、お嫁さん2人とペット1匹ですね！」

「お、お嫁さん……はうう」

「何を無茶苦茶言ってるんですか……」

そうして、3人と1頭は村へと戻るのだった。


「ただいまー」

「おかえりなさい、カズラさん」

一良《かずら》たちが引き戸を開けて屋敷に入ると、バレッタが笑顔で迎えた。

囲炉裏の前にはたくさんの料理が並んでおり、リーゼはバレッタの膝を枕にして、スヤスヤと寝息を立てていた。

「ジルコニア様たちも一緒だったんですね」

「ええ。帰りに偶然会って。リーゼは寝ちゃってるんですね」

「はい。すごく疲れていたみたいで。『もう無理』って言って寝ちゃいました」

バレッタがリーゼの肩を揺する。

「リーゼ様、起きてください」

「んう……」

リーゼが目を覚まし、身を起こす。

バレッタは囲炉裏の火にかけられている鍋から、熱々の汁物をお椀によそう。

エイラも居間に上がり、真新しいおひつからご飯をよそい始めた。

ご飯は炊き込みご飯で、村に常備されている「鶏五目ご飯の素」を混ぜて炊いたものだ。

他にも、川魚の串焼き、木の実と野菜の炒め物、缶詰のみかんが並んでいる。

「あ、カズラ。おかえり。ふわあ」

リーゼが目を擦り、あくびをする。

「ただいま。だいぶお疲れみたいだな」

一良《かずら》とジルコニアも居間へと上がり、それぞれ座る。

「朝からずっと運転しっぱなしだったんだもん。そりゃ疲れるよ」

「酒を飲んだせいもあるんじゃないか？　ジルコニアさんと、一杯ひっかけたんだろ？」

「うん。お母様が珍しく『一緒に飲もう』って言ったから。村の人から分けてもらっちゃった。カズラも飲む？」

傍らに置いてある陶器の酒瓶を、リーゼが手に取る。

「飲む飲む。んで、ぱっぱと食べてちゃっちゃと寝よう」

「ふふ、お付きあいしますわ。エイラとバレッタも飲む？」

「はい、いただきます」

「このお酒は私には強すぎるので、お茶にしておきます」

「夕食食べたら、お風呂で背中流してあげるね」

「だからそれはいいって……」

そうして、皆で遅い夕食をとったのだった。

数十分後。

食事を終えた一良《かずら》は、のんびりと湯舟に浸かっていた。

皆に勧められ、一番風呂をもらっている。

外ではバレッタが火を見てくれており、窓越しに話しているところだ。

「カズラさん、今日はあんまり長湯しないほうがいいですよ。お酒、たくさん飲んでましたし」

「ですね。つい盛り上がっちゃって……もう少ししたら出ようかな」

ジルコニアがやたらと酒を勧めてきたため、一良《かずら》はついつい飲みすぎてしまっていた。

食事中のジルコニアはかなり酔っぱらっていて、どれだけ自分たちが一良《かずら》のおかげで救われたか、この国の人たちの未来を拓いたかをひたすら語り、これでもかと一良《かずら》を褒め称えていた。

そのたびに一良《かずら》にへばりつこうとするので、エイラとバレッタに押さえつけられていた。

リーゼは運転の疲れのせいか猛烈な眠気に襲われたようで、食事を終えると「ごめん、背中を流すのは明日にして」と言って早々に就寝してしまった。

「やっぱり、グリセア村はいいなぁ。お酒もいつもより美味しく感じましたよ」

一良《かずら》が格子窓から空を見上げる。

ほかほかと湯気が立ち上る空には、楕円形の月が美しく輝いていた。

「ふふ、よかったです。村に帰ってきたら、お酒作りに挑戦してみようかな」

「おっ、いいですねぇ。バレッタさん器用だし、すごく美味しいお酒を作ってくれそうだ。ビールとかも作れちゃうんじゃないですか？」

「ビールですか。まずは大麦を栽培しないとですね。日本の醸造所、見学してみたいなぁ」

「あー。一度見学に行ったことがありますけど、すごく面白かったですよ。『こんなに大きな設備なのか』って、驚きました。バレッタさんにも見せてあげたいです」

「えっ、見学したことあるんですか⁉ もっと詳しく教えてください！」

バレッタの弾む声に、一良《かずら》が当時を思い出しながら話して聞かせる。

そんな話をしているうちに、話題が食べ物へと移った。

「お野菜は何とかなりそうですけど、ニワトリとか豚をこちらに持って来ることはできないでしょうか？」

「どうかなぁ。そういえば、生き物は今まで試したことがなかったですね。今度試してみますか」

「はい。もし持ってこれるなら、栄養面での心配はいらなくなりますから」

バレッタが村での食料生産計画を、あれこれと話す。

ハーブは隔離することで育てることはできたので、他の野菜もどうにかなるだろう。

しかし、それだと動物性たんぱく質が摂取できないので、できれば畜産も行いたい。

「まあ、もし無理だったとしても、時々あっちに行って買い出ししてくればいいですし。できたらいいなぁ、程度で考えておけばいいかと」

「でも、それだとカズラさんは毎回山道を運転することになりますよね？　もし事故とかに遭ったらと思うと……」

バレッタの声が暗くなる。

一良《かずら》以外は日本に行けない現状、日本で一良《かずら》の身に何かあっても、バレッタにはどうすることもできない。

以前、イステリアで吟遊詩人が語っていた物語のようになってしまったらと考えると、心配で仕方がないのだ。

「なら、できるだけネットで注文して、屋敷に配達してもらうようにしますよ。それなら安心でしょ？」

「はい。そうしてもらえると……それと、村に住むようになると、国の偉い人たちがカズラさんを訪ねてくるようになると思うんです。それも手を打っておかないと」

「確かに……あれこれ頼みに来る人が出てきそうですね」

「はい。たくさんの人がカズラさんのことを知ってしまいましたし、いろいろと便宜を計ってもらおうと寄ってくると思います」

ナルソンやルグロはともかく、軍部の重鎮たちはどうにかして「天国行き」になろうと腐心しているはずだ。

一良《かずら》に他の神への口添えをしてもらえるよう、接触してくる可能性は高い。

マリーにも同様のことが起こりえるので、後で「リブラシオールが憑依している」という設定は解除されたと周知させる必要もあるだろう。

「なので、村への直接の訪問は禁止にして、ナルソン様に取り次いでいただくようにしたほうがいいかなと思うんですけど、どうでしょう?」

「ああ、それいいですね。ナルソンさんには迷惑かけちゃいますけど」

「ふふ、それくらいは我慢してもらわないと。村で暮らせるようになるのは、いつ頃になるでしょうか?」

「んー……部族との講和が上手くいけば、俺の役目はほとんど終わったようなものですし、そしたらすぐ村に――」

「ヒック！　おじゃましまーす！」

「お、おじゃまします……うう、恥ずかしい……」

「うへあ⁉」

「え？　どうし……なああ⁉」

突然、タオル一枚を巻いただけの姿のジルコニアとエイラが風呂場に入って来て、一良《かずら》が素

っ頓狂な声を上げる。

驚いて格子窓から顔を出したバレッタも仰天した。

ジルコニアは顔が真っ赤で完全に酔っぱらっており、よたよたと千鳥足だ。

無理矢理連れて来たのか、エイラの手首を掴んで引っ張っている。

エイラのプロポーションにはタオルが少し小さいようで、見た目が少々けしからんことになっていた。

エイラは酒ではなく羞恥のせいで顔が真っ赤で、一良《かずら》の顔を直視できないでいた。

バレッタが慌てて風呂場の入口へと走る。

「2人とも何やってるんですか⁉」

「リーゼが寝ちゃったから、代わりにお背中を流しに来たんです！　ヒック！」

「そういうのはいいですから！　酔っ払いすぎですよ！」

「そういうの？　あ、タオルのことですか。取りますね」

慌てふためく一良《かずら》に、真っ赤な顔のジルコニアがニヤニヤしながらタオルの端をつまむ。

「ちょ、ちょっとジルコニア様！　何をおっしゃってるんですかっ⁉」

「取らなくていいって！　何でそうなるんですかっ！」

エイラと一良《かずら》が慌てふためく。

「まあまあ。私、スタイルには結構自信があるんです。エイラもすごいんですよ？　ほら！」

「きゃあああ⁉」

「おぶっ⁉」

あからさまに悪ノリしたジルコニアが自分とエイラのタオルを取り去った瞬間。

その背後から別のタオルが一良《かずら》の顔に飛来して叩きつけられた。

全裸になったジルコニアたちが振り返ると、修羅の形相で肩で息をしているバレッタがいた。

「……2人とも、今すぐ出て行きなさい。カズラさんは、そのまま動いちゃダメです」

「「は、はい」」

その気迫に押され、ジルコニアたちは風呂場を出て行く。

引き戸が閉まる音を聞いてから、一良《かずら》は顔に張り付いているタオルを取った。

――2人とも、モデル並みのスタイルなんだなぁ……。

一瞬だけだったが、一良《かずら》の網膜にはしっかりとジルコニアとエイラの裸が映っていた。


翌朝。

朝の9時近くになってから起床した一良《かずら》は、日本へと戻って街へとやって来ていた。

現在時刻は11時だ。

本当ならばもっと早く起きるつもりだったのだが、「あまりにもよく寝ていたから」、とバレッタたちは一良《かずら》を起こせなかったらしい。

ちなみに、最初に起床したエイラは、ジルコニアが一良《かずら》の布団に潜り込んで一良《かずら》に引っ付いて爆睡しているのを見つけ、すぐさま彼女を引き剥がして床に転がしておいた。

その後、バレッタが起床すると、どういうわけかジルコニアの顔に黒のマジックで泥棒髭が描かれていた。

エイラは「誰が描いたのか分かりませんが、似合ってるから本人が気づくまでこのままにしておきましょう」と凄みの利いた笑顔で言っていたのが、一良《かずら》はちょっと怖かった。

結局、一良《かずら》が出発するまで、ジルコニアは寝息を立てていた。

「やっぱり、山道の運転は疲れるな。昨日無理しないでよかった」

いつも通っている、大きな漢方薬局店へと車を走らせる。

そうして店の前までやって来たのだが、入口には工事業者が出入りしていて、どうやら改装工事中のようだ。

比較的新しい店だと思ったのだが、改装工事とはよほど儲かっているのかもしれない。

「ありゃ。やってないのか。他のお店は……」

カーナビを操作し、地図上に『葵薬局』と表示された場所を目指す。

ものの1分ほどで小さな薬局店を発見し、小さな駐車場に車を停めて店へと入った。

中では、白衣を着た若い女性が、イスに腰掛けて老婆と談笑していた。

小さな店内には、壁際の棚にさまざまな種類の漢方薬が並んでいる。

いかにも、地域密着型、といった感じのお店だ。

「あ、いらっしゃいませ」

「あら、お客さんね。それじゃ、そろそろ帰るわね。お会計お願い」

「ええ。あの、ちょっと待っててくださいね。ええと、救心清丸とレバンゴールドで――」

数千円の会計を済ませ、老婆が礼を言って財布をしまう。

「大変だろうけど、頑張ってね。お店、閉めるなんて言っちゃ嫌よ？」

老婆の言葉に、白衣の女性が曖昧な笑みを浮かべる。

「あはは……でも、大きなお店ができちゃうと、やっぱりつらいですよ」

「ほんとよね。でも、ここみたいな親身になって相談してくれる薬局がないと、私みたいなのには寂しいのよ。どうにか頑張って！」

老婆はそう言うと、一良《かずら》に目を向けた。

「お兄さん、もしよかったら、たくさん買ってあげてね。お母さんから引き継いだお店、閉めないといけなくなりそうなんだって」

「ちょ、ちょっと！　恥ずかしいこと言わないください！」

「あはは。ごめんなさいね」

ケラケラと笑う老婆に、白衣の女性がため息をつく。

「あの、お店の経営、そんなに大変なんですか？」

一良《かずら》は不躾だとは思いながらも、ついいつものノリで聞いてしまう。

「えっと……はい」

白衣の女性が、暗い顔で頷く。

「すぐそこに改装工事中の大きな薬局があるじゃないですか？　あれができちゃってから、もうダメですね」

やれやれと言った様子で、白衣の女性が苦笑する。

「昔からある商店街もそうですけど、薬局も同じです。大きなお店ができちゃうと、小さなところは簡単に吹き飛んじゃうんです。まあ、仕方のないことなんでしょうけどね」

「もう！　そんな弱気でどうするのよ！　もっと頑張らないと！」

不満そうに老婆が言うが、白衣の女性は「そうですね」と力なく笑うばかりだ。

「あ、ごめんなさい。お薬が入用ですか？　それとも、体の相談でしょうか？　もしよければ、お話を聞かせてもらってカルテを作らせていただきますが」

「あ、いえ。俺の体のことじゃなくて、いくらか薬が欲しくて」

「もう決まってるんですね。どのお薬でしょうか？」

「んー……せっかくなので、お勧めのものがあればそれにしようかと。切り傷とか、火傷に効くものが欲しいです。あと、呼吸器が弱い人向けの薬ってあります？　体質改善的な」

「はい、ありますよ。まずは切り傷と火傷用のものですが――」

白衣の女性が棚から小箱を取り出し、説明を始める。

いつも一良《かずら》が使っている、チューブタイプの赤色の軟膏だ。

帰ると言っていた老婆は買い物を見届けるつもりなのか、ニコニコしながらやり取りを見つめている。

「切り傷は赤だけで大丈夫です。火傷は初期はこれでいいですけど、ジュクジュクしてくるようだったらこっちの黄色に変えてください。ちゃんと塗り続ければ、びっくりするくらい綺麗に痕がなくなりますよ」

「あ、やっぱりこれですか。親に勧められて、普段から使ってますよ。効きますよね」

「そうなんですね！　あと、呼吸器ですけど。どういった症状でしょうか？」

「えっと、知人が呼吸器が弱くて、時々ゼコゼコした咳をするんです。あと、体が弱くてすぐに熱が――」

フィレクシアの症状を思い起こしながら説明し、それなら、と3つの薬を提案された。

本当なら店に来てもらって直接話を聞きたいと言ってくれたのだが、それは無理な話だ。

そのほかにも、食中毒やら老後の視力低下に効くものやら、あれこれ聞いていく。

1万円を超える価格の薬もあり、なかなかに高額だ。

彼女の説明はとても分かりやすく、一良《かずら》の質問に1つ1つ丁寧に答えてくれた。

一良《かずら》と同い年くらいに見えるのだが、若いながらにとてもしっかりしている。

「なるほど。すみません、いろいろ聞いちゃって」

「いえいえ。これがお仕事ですからね。あ、立ちっぱなしにさせてごめんなさい！　今、お茶を出しますから」

「あ、いえ、ちょっと急いでいるので、すぐに買って帰ります。今お勧めしてもらったもの、全部いただきたいんですけど」

一良《かずら》が言うと、白衣の女性は少し驚いた顔になった。

「えっ、全部？」

「ええ、全部お願いします」

「その、結構な額になっちゃいますよ？」

「手持ちはあるので、大丈夫です。これらの在庫、お店にある分全部いただけますか？」

「えっ」

白衣の女性と、やり取りを見ていた老婆の声が重なる。

「それと、これらの薬をもっと大量に買いたいんです。お金は今日払っていきますから、後日取りに来るまで取り置きしてもらえますか？」

「あ、あの、在庫全部って、あるにはありますけど、数十万円になっちゃうかと……それに、もっと大量にって」

白衣の女性が怪訝な顔で言う。

さすがに冗談だろう、と思っているのだ。

「大丈夫です。今からお金を下ろしに行ってくるので、待っててもらえます？」

「ちょっと、よかったじゃない！　お兄さん、やるわね！　どこのお金持ちなの⁉」

老婆が一良《かずら》に歩み寄り、バンバンと肩を叩く。

すると、白衣の女性が真剣な目で一良《かずら》を見た。

「あの、さっきの話を聞いて助けてくれようとしているのかもしれませんけど、無茶なことしちゃダメですよ。お金は大切なものなのだから、無駄遣いしないで自分のために使わないと」

「いえ、本当に全部使うんです。このお店にあるものだけじゃ足りないくらいに」

一良《かずら》が真面目な顔で、白衣の女性に言う。

「詳しくは言えないんですけど、怪我や病気で苦しんでる人が大勢いて。その人たちに、使ってもらうんです」

「ええと……海外支援とか、ですか？　法律で持ち出せる量には制限があるのは、ご存知ですか？」

「はい、分かってます。大丈夫ですから」

「……そうですか。分かりました」

「あっ、分かった！　お兄さん、この娘に気があるんでしょ？」

「ちょ、ちょっと！　何を失礼なこと言ってるんですか！」

老婆の言葉に、白衣の女性が慌てる。

「だって、そうなんでしょ？　この娘、昔っからずーっと勉強ばっかりで、男っ気がまったくなかったのよ。でもね、真面目ですごくいい娘なの。今度、お茶でもしてみたらどうかしら？」

「あああ！　もう、本当にやめてくださいよ！　怒りますよ⁉」

白衣の女性が顔を真っ赤にして怒る。

「え、ええと、それじゃあ俺はお金下ろしてきちゃうんで。会計はその時にまとめて払いますね」

そうして、一良《かずら》は店を出ると銀行へと向かうのだった。


数十分後。

銀行から戻った一良《かずら》は、支払いを済ませて薬を車に運んでいた。

白衣の女性と老婆も手伝ってくれている状況だ。

「あの……こんなにたくさん、本当にありがとうございます。何てお礼を言ったらいいか」

白衣の女性が手伝いながら、恐縮した様子で一良《かずら》を見る。

「いえいえ。いつもは、あの改装工事中のお店で買ってたんですけど、やってなくて困っていたところだったんで。ただの成り行きですよ」

「そ、そうでしたか。でも、この何倍も追加で注文していただいて……しかも、全額前払いですし。もしかして、志野さんってNPOとかのかただったりするんですか？」

「いや、個人でやってます。そういった団体からの連絡とかはないんで、気にしないでください」

「個人で医療支援を、こんなに大規模にやってるなんて……本当、すごいです」

「葵ちゃん、よかったわねえ。お店、しばらくは大丈夫なんじゃない？」

老婆が白衣の女性——葵——に嬉しそうに言う。

領収書を書いている時に聞いたのだが、店名は亡き母が彼女の名前を取って付けたそうだ。

橘葵《たちばなあおい》、というのが彼女の名だ。

「はい。もうダメかなって思ってましたけど、もう少し頑張ってみます」

「その意気よ！　お兄さん、これからも贔屓にしてあげてね？　もう、あっちのお店で買っちゃダメよ？」

「もちろんです。またちょくちょく来ますから、その時はよろしくお願いしますね」

そうして薬をすべて積み、一良《かずら》は車に乗り込むと薬局を後にした。

深々と頭を下げて見送る葵の隣で、老婆が小首を傾げる。

「あら。本当に葵ちゃんを誘わずに行っちゃったわね。通りすがりの福の神だったのかしら」

「だから、そういう失礼なことは言わないでくださいよ。もう……」

葵はそう言って、一良《かずら》の車が走り去って行った道路に目を向ける。

車はすでに交差点を曲がってしまったようで、姿は見えなくなっていた。

――志野のさんのおかげでしばらく余裕ができたし、在宅医療での参入をもう一度考えてみよう。絶対に生き残らないと。

「次に彼が来たら、食事でも誘ってみなさいよ。きっとすごいお金持ちよ！　玉の輿狙えるって！……ねえ、聞いてる？」

軽口を叩く老婆の言葉を聞き流しながら、葵は自分の店を守り抜く決意を固めたのだった。


数分後。

さらなる物資を補充すべく、一良《かずら》はいつものホームセンターにやって来た。

車を降りて店の入口に向かうと、自動ドアの前で主事店員改め、店次長が箒を手に掃除をしていた。

一良《かずら》に気づき、箒を壁に立てかけて頭を下げる。

「志野様、お待ちしておりました」

「ご無沙汰してます。もしかして、ずっと待ってたんですか？」

「はい。といっても、掃除がてらですが。お問い合わせいただいた品物は、他社分も含めてすべて用意できています。一部はすでに、ご指定いただいた住所に運ばせていただいております」

「すみません、あれこれと中継ぎまで頼んじゃって。さっそく支払いさせていただいても？」

「承知しました。こちらへ」

受付カウンターに向かい、カードで支払いを済ませる。

今回注文したものは、硫黄粉末、ドラム缶、無線機、携帯用アンテナといった軍事に用いる物と、リポＤ、米、野菜の種、ビニールハウスの材料だ。

ビニールハウスは、昨夜バレッタと話したこともあり、村人たちにお願いして野菜の栽培を始めてもらおうと思い購入することにした。

ビニールハウスがあれば、冬でもある程度の野菜は育てることができるだろう。

もちろん、ハウス内を温めるための道具はそろえる必要はあるのだが。

無線機などの機械類は、型番を伝えて店次長に他店との取次ぎをお願いした。

どういうわけか一良《かずら》からの注文は代金の肩代わりの許可が本社から出ているとのことで、少額の手数料のみで一挙に手配から配達まで済ませてくれるようになっていた。

「これでよし。それにしても、鶏糞とか硫黄粉末とか、いつもの３倍くらい在庫がありましたけど、需要が増えてるんですか？」

「いえ、志野様が定期的に在庫を丸ごとお買い上げくださるので、本部のほうからもっと大量に用意しておくようにとの指示がありまして」

「えっ。じゃあ、俺のために用意してくれてたんですか?」

「まあ、そうですね。とはいっても、他のお客様もよくお買い上げになられる商品ですので、どうかお気になさらず」

にこやかな笑顔で言う店次長。

気にするなとは言うが、そうまでされたらちゃんと買いに来ないと迷惑がかかるのでは、と一良《かずら》は冷や汗をかいた。

「ああ、そういえば、義妹には今もお仕事を頼んでくださっているので?」

義妹とは、動画編集を頼んでいる宮崎のことだ。

しばらく前に、宮崎には別件で仕事を頼んだことがあったのだが、その時に彼の義妹であることが判明していた。

「ええ。彼女にはいつも手伝ってもらっていて。すごく助かってますよ。でも、いろいろと災難続きで心配ですよね。元彼さんが闇金で勝手に借金作ってたりして」

「そうなんですよ。まあ、故人を悪く言うのはアレですが、あのろくでなしとも縁が切れたことですし、もう大丈夫でしょう」

やれやれといったように、彼が言う。

「義妹はちょっと抜けているというか、人が良すぎるというか。騙されやすいところがあるので心配で。でも、すごく優しくていい娘なんです。どうですか志野さん、あの娘、今はたぶんフリーですよ？」

「え、えっと……今、ちょっと急いでまして。電話で聞いた業務用プロジェクタと業務用複合機、見せてもらってもいいですか？」

「承知しました。では、こちらへ」

そんなこんなで、もろもろの買い物を済ませたのだった。


その後、一良《かずら》は以前バイクを購入した店にやって来ていた。

今は、支払いを済ませ、従業員たちの見送りを受けているところだ。

今回購入したものは、前回買ったものと同じバイクを10台と、イクシオスへのプレゼント用のスポーツタイプのバイク。

それに、超小型の軽トラックを1台だ。

当然のように即全額を振り込んだ一良《かずら》に、支店長の顔はとろけそうになっている。

前回、一良《かずら》がサイドカー付きバイクを大量に購入した後、販売実績としてホームページで公表したところ、興味を持って購入する顧客が増えたらしい。

そんなわけで、各店舗で多めに在庫を持つようになっており、今回はすんなりと購入できた。

超特急で手続きを済ませてくれるとのことで、4日後に納車できるとのことだ。

ナルソンには準備に6日かかると伝えてあるので、4日後の納車ならバイクの輸送も間に合う計算だ。

それ以外の物資も、そろえることができるだろう。

トラックは通路を通れなかったら無駄になってしまうので、とりあえず1台購入した。

「ありがとうございました！　またのお越しをお待ちしております！」

「「「お待ちしておりまーす！」」」

「はい、またよろしくお願いします」

声をそろえる支店長たちに車の窓ごしに答え、アクセルを踏み込む。

それと同時に全員が深々と腰を折り、離れていく一良《かずら》の車を見送った。

バックミラーでその姿をチラチラと確認していたのだが、彼らの姿が視認できなくなるくらいに離れても、彼らはずっと腰を折ったままだった。

「あそこまでしてくれなくてもいいような……それにしても、待ってる間にショートケーキが出てくるとは思わなかったな。わざわざ用意してくれてたのには驚いた」

電話で注文を済ませていたせいか、来店するとケーキと紅茶が出てきた。

おまけに、お土産として高級焼き菓子の詰め合わせまで貰ってしまった。

大口購入パワー、恐るべしである。

「さて、次はお偉いさんたち懐柔用のコップだな。エルタイルとかプロティアの人にも、いくらか渡したほうがいいよな」

車を走らせ、以前、ナルソンたちにプレゼントした江戸切子のタンブラーなどを買ったワイングラス館へとやって来た。

大型倉庫を丸々改装して作られた店の隣には巨大なブドウ棚があり、紫色のブドウがたわわに実っていた。

「おお、見事なもんだな。そっか、もうそんな時期なのか」

店の前にはのぼりが出ており、「巨峰・シャインマスカット直売中」と書かれていた。

ブドウ棚の下にはカゴに入れられたブドウがたくさん並んでおり、何人かのお客がそれらを選んでいる。

駐車場に車を停め、どれどれ、とそこへ向かう。

「いらっしゃいませ！　どうぞ、試食していってくださいね！」

中年女性の店員が、木編みのカゴに入れられた巨峰とシャインマスカットを一良《かずら》に差し出した。

それらは房についたままのもので、実がかなり大きい。

張りがあり瑞々しく、とても美味そうだ。

さっそく、シャインマスカットを１粒いただく。

「ん！　ものすごく美味しい！」

「でしょう？　今年はすごくできが良いんですよ」

「そうなんですか。日持ちはどれくらいですかね?」

「常温で新聞紙に包んでおけば2~3日、冷蔵だと5日くらいですね。冷凍すれば1カ月は持ちますよ」

「なるほど。そしたら、えーと……巨峰とシャインマスカットを15房ずつ、持ち帰りでお願いします」

かなり多めの注文に、店員が少し驚いた顔になる。

「まあ、そんなにたくさん! でも、持ち帰りでいいんですか? 宅急便で送ることもできますけど」

「これから地元に帰るんで……あ、すみません。夕方に取りに来るんで、取り置きしておいてください。それと、1房ずつ、プレゼント用に包んでもらえると。それは今持って行くので」

「かしこまりました。少々お待ちを!」

そうしてシャインマスカットと巨峰を包んでもらい、料金を支払ってワイングラス館へと移動した。


ブドウの入った紙袋をぶらさげて、ワイングラス館へと入った。

店内にはさまざまな種類のガラスのコップやアクセサリーが陳列されており、地産ワインがいくつも棚に陳列されている。

一良《かずら》は買い物カゴを手に、商品を見て回り始めた。

「さて、どれを買っていくかな。どれを持って行っても、国宝級の扱いになるだろうけど」

ここで購入するものは、アルカディアやクレイラッツ、そして同盟国のお偉いさんたちへの贈り物にする予定だ。

黒曜石、もとい、ガラス加工品はあちらの世界には存在していないので、その希少価値は計り知れない。

此度の戦争で関わった者たちに「グレイシオールからの贈り物」としてこれらを贈ることで、彼らにグレイシオールの存在を強く認識してもらうのだ。

今まではアルカディアの重鎮たちを天国と地獄の動画で脅していたが、このような旨味を味わえば、今後もっと積極的に協力してくれるようになるだろう。

これからの働きに応じて、時々こういったものを恩賞のようなかたちで贈るというのもいいかもしれない。

きっと、他者よりも神から良い評価を得ようと発奮してくれるはずだ。

アルカディアが他国より優位に立つうえでも、役立つはずである。

「信頼の証って扱いにしてもいいのか。やりすぎるとその人の発言力が大きくなりすぎちゃいそうだから、注意は必要かもな……おっ。これすごいなぁ」

薄っすらと虹色に輝くガラスのタンブラーを見つけ、手に取ってみる。

キラキラと輝くその姿は、実に美しい。

その美しさにもかかわらず、1つ700円というリーズナブルな価格だ。

棚のネームプレートには、「オパールグラス」と書かれていた。

製法についての簡単な説明書きもあり、近代になってから考案された製法のようだ。

これならば、あちらの世界でガラス加工技術が進んだとしても、おいそれと真似することはできないだろう。

神からの贈り物、とするにはうってつけだ。

「よし、これをいくつかと……アルカディア王家とか領主さんには、江戸切子のいいやつも買っていくか。そういえば、グレゴルン領ってこれからどうするんだろ。ダイアスさん死んじゃったし」

ぶつぶつ言いながら、コップだけでなくアクセサリーなども見て回る。

ルグロの子供たちに似合いそうだと、ホタルガラスのネックレスやイヤリングもいくつかカゴに入れた。

ホタルガラスとは、ガラスを溶かしている途中で銀箔を中に入れたものの総称だ。

古代エジプトや古代ローマで人気のあった品で、腕のいい職人に作られたホタルガラスは、ルビーやサファイアなどの宝石にも勝る美しさを誇る。

カゴに入れたものは中に蓄光材が入っている品で、しばらく光に当てておくと暗闇で仄かに光るものだ。

まさに、闇夜で輝く蛍のような逸品である。

「こんなもんかな。そろそろ昼飯を食いに行くか」

レジで会計を済ませて車に戻り、スマートフォンを取り出した。

宮崎に電話をかけると、ワンコールで繋がった。

「宮崎さん、こんにちは。これから迎えに行っても大丈夫ですかね？」

『こんにちは！ はい、もちろんです！ どこで待っていればいいでしょうか？』

宮崎の元気な声が、スマートフォンから響く。

「何か食べたいものあります？ ご馳走しますから、何でも好きな物いいですよ」

『あっ、いえいえ！ 今日は私がご馳走します！ ちょうど夏ボが入ったとこなんで！』

「そんな、気にしなくていいのに」

『いつもご馳走になってばかりなので、今日は持たせてください！』

というわけで、宮崎の奢りということになってしまった。

車を十分ほど走らせて宮崎のアパートに行くと、はち切れんばかりの笑顔でぶんぶんと手を振る彼女が待っていた。

「おひさしぶりです。元気そうですね」

「志野さんのおかげですよ。毎日ちゃんとご飯が食べられるようになりましたし、ようやく平和な日常が帰ってきた感じです」

助手席に乗り込んだ宮崎が、満面の笑みで言う。

「それはよかった。んじゃ、お店に行きますか」

「はい!」

宮崎のナビで車を走らせ、小洒落たイタリア料理店へとやって来た。

最近できた個人店とのことで、なかなかに味がいいと評判らしい。

駐車場に車を停め、店へと入る。

赤い壁紙とシックな木製テーブル、暖色系のシャンデリアと、とてもいい雰囲気の店だ。

今日は土曜日で並ぶことになるかもとの話だったが、運よく1組分が空いていて座ることができた。

「へえ、素敵なお店ですね」

「ですね! ネットで見ただけだったんですけど、すごく素敵ですよね!」

メニュー表を開くと、パスタがメインのランチメニューがずらりと並んでいた。

価格帯も1000円から2000円といったところで、気負わず注文できる印象だ。

「これ、お土産のブドウです。すごく美味しそうだったんで、買ってきちゃいました」

「わあ、ありがとうございます! いい香りですねー!」

ブドウが入った紙袋を宮崎に渡し、それぞれ料理を注文した。

待っている間に、宮崎が早速、とノートパソコンを取り出した。

電源を入れ、一良《かずら》にも見えるようにノートパソコンをテーブルに横向きに置く。

画面には、映画やドキュメンタリー動画からの切り抜きファイルが数十個も表示されていた。

「志野さんが言っていた年代の動画を、片っ端から集めてみました。例えば、これとか」

宮崎がファイルの1つを再生する。

それは古代ローマ時代の治療院を扱ったもののようで、外科手術に使う道具の説明や、当時の医療技術が解説されていた。

実際に手当てをしているイメージ映像付きだ。

「おお！　そうそう、こういうのです！　ばっちりですよ！」

喜ぶ一良《かずら》に、宮崎がにこりと微笑む。

「よかったです。他にも、当時の荘園生活の解説動画からの切り抜きとか、大小の施設の建築物の構造と建設手法の解説動画とか、いろいろと集めてみました。今、見てみます？」

「ぜひ！　それにしても、こんな短時間で、よくこんなにたくさん集められましたね？」

「えへへ。実はあれから、徹夜で探してたんです。海外のチャンネルを探したらたくさん見つかってよかったです」

「ええ!?　そこまでしてくれたんですか!?」

「志野さんのためですから！　これくらい、どうってことないですよ！」

ぐっ、と胸の前で拳を握る宮崎。

よく見てみると、化粧で隠してはいるが目の下にクマがあり、若干頬がこけていた。

「ありがとうございます。そんなに頑張ってくれるなんて……えっと、報酬は10万円で大丈夫ですか？」

「えっ⁉　い、いくらなんでも多すぎですよ！　毎度毎度、そんなに貰えないです！」

慌てる宮崎に、いやいや、と一良《かずら》が笑う。

「そんなに頑張ってくれたなら、相応の報酬は出したいんです。いつもお世話になっていますし、受け取ってください」

「う、うーん。でも、いつも貰いすぎなんで……今回のところは、3万円でどうでしょうか？」

「そんな、さすがに安すぎる気が……」

「そんなことないですって！　十分すぎるくらいの報酬ですよ！」

宮崎が勢い込んで言う。

「あと、もし必要なら、ただの動画ファイルだけじゃなくて、再生用のアプリも作りますから。もちろん、お金はいりません」

「ええ⁉　って、3日後には動画が必要なんで、さすがに無理なんじゃ」

「大丈夫。私に任せてください！」

宮崎が、どん、と胸を叩く。

「これでも一応、最前線で戦ってるエンジニアですから。どんな形式のものがいいですか？」

「うーん……じゃあ――」

そんなこんなで、宮崎の厚意に甘えることになった。

やたらと気合の入っている宮崎と内容を詰めながら食事をし、店を出た後で「まだ時間も早いですし」と彼女に誘われ、近場のゲームセンターで少し遊んでからこの日は解散となったのだった。

3日後の朝。

一良《かずら》、バレッタ、リーゼの3人は、バリン邸で動画の編集作業を行っていた。

クーラーボックスに入れてある、ブドウをつまみながらの作業である。

宮崎は思いのほか仕事が早く、昨日の夕方に完成したアプリケーションを渡してくれた。

その時に「よければ一緒に夕食を」と誘われたのだが、料理を買って帰るとバレッタたちに約束していたので断ってしまった。

やたらとしょぼくれた顔になってしまった宮崎だったが、手土産の高級生チョコを渡すと一転して大喜びしていた。

また、大量購入したブドウは村の各家庭にも配布済みである。

初めて食べる果物に、皆が大喜びだった。

「これ、本当にすごいね。宮崎って人、超優秀なんじゃない？」

バレッタがノートパソコンで字幕を書き込むのを見ながら、リーゼが唸る。

医療、食生活、住居などのシーンごとに動画が分けられており、そのうちの1つを見ている最中にマウスで画面下にポインタを持っていくと、他のシーンのサムネイルがスライドして、タイトル付きで表示される仕組みになっていた。

そのうえ、字幕を入れるためだけに作られた別のアプリケーションまで用意されていた。

字幕の表示時間や、それに対応して動画を一時停止する時間の指定もできる仕様になっていて、使いやすいことこの上ない。

さすがはソフトウェア会社で働くプロだと、一良《かずら》たちは舌を巻いていた。

「だなぁ。まさか、たった3日……いや、資料集めの時間を抜いたら2日か。そんな短時間でこんなものを作ってくれるとは……」

「本当にすごいです……私もいつか、プログラミングも勉強してみたいです。宮崎さんに会ってみたいなぁ」

カタカタとキーボードを叩いて字幕を入れながら、バレッタが言う。

「バレッタなら、本でちょこっと勉強すればすぐにできるようになるんじゃない？　パソコンみたいな頭してるんだし」

「そ、それは言いすぎですよ。すごく難しいんでしょうし」

「バレッタなら、ちょちょいのちょいでしょ。ねえ、カズラ？」

「ああ。正直、今まで生きてきてバレッタさんほどの天才は見たことがない。どんな完璧超人だよって感じだ」

「だよね。同じ人間なのか疑っちゃうよね」

「だから言い過ぎですって……それより、チラシはこれで大丈夫ですか？」

バレッタが文書作成ソフトを起動し、昨晩作ったファイルを開く。

部族とバルベールに配布する、Ａ３サイズの宣伝チラシだ。

すべての者たちに動画を見せるのは物理的に不可能なため、要点をまとめたチラシを作って配布することになったのだ。

動画を流用した写真がいくつも貼られていて、文字は最小限の構成になっている。

これは、部族の者たちの識字率がどれほどあるのかが分からないためだ。

「いいと思うよ。写真だらけで、すごく分かりやすいと思う」

「だな。動画を見せられなくても、これを配るだけでもインパクト抜群だろうな」

土間の隅には業務用プリンタが置いてあり、電源は外に置いてある発電機から取っている。

そうして話していると、出入口の引き戸が開いてジルコニアとエイラが入って来た。

「お洗濯終わりました。動画はどうですか？」

ジルコニアが居間に上がり、一良《かずら》の隣に座る。

「順調ですよ。宮崎さんがほとんど作ってくれたんで、字幕を入れるだけですし」

「どれどれ……バレッタ、できてるところまででいいから、見せてくれない？」

「はい」

バレッタが字幕書き込み用のアプリケーションを閉じ、動画のほうを起動した。

軽やかな音楽とともに真っ暗な画面に「講和後の新生活」というタイトルが表示される。

続けて、画面に9つの動画が、それぞれのタイトルとともに表示された。

それらの動画の音声は流れておらず、初めの部分が15秒ほど繰り返し流れるようになっている。

「うわ、これすごいですね。映画のチャプター選択画面みたいですね」

その完成度の高さに、ジルコニアが目を丸くする。

「ほんと、すごいですよね。これ、宮崎さんが2日で作ったんですよ」

「そうなんですか。それって、すごいことなんですよね？」

「俺はプログラムはさっぱり分かりませんけど、すごいことなんだと思います」

一良《かずら》がこれを受け取った際、宮崎が「志野さんのためなら楽勝ですよ！」、と言っていたのを思い出す。

特に疲れた様子でもなかったので、彼女にとっては朝飯前なのだろう。

「ジルコニア様、どの動画がいいですか？」

「んー。じゃあ、食事のやつで」

バレッタが頷き、食事の動画をクリックした。

画面が暗転し、楽し気なBGMが流れ始め、『これからの豊かな食生活』という動画タイトルが大きく表示される。

ざわざわと人々が行き交う街なかで、簡素な服装の父子が出店で買い物をしているシーンが現れた。

買っているのはイチジクのシロップ漬けの串で、子供が大喜びでそれを頬張る。

元の音声はカットされているが、楽し気なBGMと下部に差し込まれた字幕のおかげで、特に違和感はない。

「わあ、これ美味しそうですね！　何ていう実なんですか？」

「イチジクですね。甘酸っぱい果物で、いろんな料理に使えます。今度、買って来ましょうか？」

「ぜひお願いします！　あと、もっと生チョコを買ってきてほしいです！」

「あれ？　もう食べつくしたんですか？　昨日は3箱ありましたよね？」

「いえ、それはまだ1箱残ってるんですけど、またしばらく調達できなくなるでしょう？　もっと欲しいんです！」

「お母様、あまり食べすぎると、顔に吹き出物がでちゃいますよ？」

せがむジルコニアに、リーゼが呆れ顔になる。

「大丈夫よ。昨日、一昨日と2箱ずつ食べてるけど、何もできてないでしょ？」

そう言うジルコニアの顔には1つも吹き出物はできておらず、綺麗なままだ。

毎晩、一良《かずら》が買ってきた大量の料理を食べ、酒を飲み、チョコをもりもり食べているというのに異常なしである。

「エイラ、生チョコ出して。話してたら食べたくなっちゃった」

「かしこまりました」

エイラが苦笑しながら、クーラーボックスに手を伸ばす。

「ジルコニアさん、チョコもいいですけど、ブドウも食べてくださいよ」

「あっ、そうでした。エイラ、やっぱり巨峰をちょうだい」

「はい」

ジルコニアが巨峰を房ごと受け取り、1粒取って皮を剥いて口に入れる。

「んー！　これも美味しい！　すごく甘くて瑞々しいですね！」

「ジルコニア様、種はこちらのお皿に」

「ありがと」

「ジルコニアさん、動画もちゃんと見てくださいよ」

「はいはい……うん、いい感じだと思いますよ」

パクパクとブドウを食べながら、ジルコニアが頷く。

「本当に？　適当言ってません？」

「言ってませんって。字幕も分かりやすいですし、これを見せれば部族連中も講和に乗って来ると思います。見せながら、似たようなものを食べさせるともっといいかもですね」

「なるほど」

現在、部族軍はバルベール首都、バーラルの前に陣を張っており、今のところ戦闘は起きていないとナルソンから連絡を受けている。

これには理由があり、今にも攻めてきそうな気配だとカイレンから連絡を受けたナルソンの発案で、一策を講じたのだ。

バーラルの一般市民を大量に動員して武具を着せ、街の北側の防壁前に展開し、疑似的にとてつもない大軍が首都に駐屯しているように見せかけたのである。

それと同時に、鉱山や主要水源地などの一部地域を除く、部族側の要求をほぼ丸のみのような土地の割譲案を提案した。

また、北から迫る異民族への共同戦線の提案と、長期にわたる物資提供案も出した。

さらに、バルベールから大量の食料が部族側に提供され、怪我人や病人を首都の外に設置した野戦病院で治療中である。

バルベールの急な態度の軟化に部族側では怪しむ声が上がるだろうとカイレンたちは思ったのだが、今のところ彼らの動向に変化はない。

一良《かずら》たちは知らないことだが、結果的にアロンドたちの策の後押しとなっていた。

そんな話をしながらまったりしていると、一良《かずら》のスマートフォンのアラームが鳴った。

バイクと小型軽トラックが届く時間だ。

「おっと、もうそんな時間か。バイクとかを受け取りに行ってきます。皆は出立準備を整えておいてください」

「カズラさん、お昼ご飯は用意しておいたほうがいいですか？」

バレッタが動画を止め、一良《かずら》に尋ねる。

「いえ、宅配を頼んであるんで大丈夫ですよ。あと、生チョコも冷凍のやつを50箱注文済みです」

一良《かずら》が答えると、ジルコニアの表情がぱっと輝いた。

「さっすがカズラさんです！　大好きです！」

「ちょ、ジルコニア様！」

「お母様！」

一良《かずら》に抱き着こうとするジルコニアの顔をバレッタが押さえつけ、リーゼが身を乗り出して手首を掴む。

「いたたっ！　ただの冗談だって！　手だってベトベトだし、フリだけよ」

「「冗談に見えないです！」」

「じゃ、じゃあ、俺は行ってくるんで」

むう、と睨み合う彼女たちを残し、一良《かずら》は立ち上がるのだった。


約2時間後。

ジルコニアとエイラは、屋敷内で掃除をしていた。

外ではバレッタたちが村人とともに荷物の積み込みを行っており、楽しげな話し声が聞こえてくる。

これから２人ともバイクを運転するので、ジルコニアはライダースーツ、エイラはズボンとシャツといったラフな服装だ。

「これでよしっと。エイラ、私たちも行きましょうか」

ジルコニアが雑巾を水桶に入れ、立ち上がる。

「はい……あの、ジルコニア様」

エイラが窺うような顔で、ジルコニアを見る。

「ん？　なあに？」

「その、カズラ様のことなのですが……ジルコニア様、最近その、かなり、その……」

奥歯に物が詰まったような言いかたをするエイラ。

「もしかして……本気、なのですか？」

「カズラさんに本気で迫ってるのかってこと？」

「は、はい」

グリセア村に来てからというもの、ジルコニアはことあるごとに一良《かずら》に引っ付こうとし、過剰なほどに後を付いて回っていた。

以前からも少なからずそういった傾向はあったのだが、ここ数日のそれは少々度が過ぎているようにエイラは感じていた。

「そうねぇ。まあ、あわよくば、くらいには考えてるかなぁ」

「あ、あわよくばって……」

「だって、好きになっちゃったものは仕方がないじゃない？」

さらりと答えるジルコニアに、エイラが目を丸くする。

「少し悩んだけど、後からうじうじ考えるのは性に合わないし、はっちゃけちゃおうかなって」

「え、ええ……」

「あ、でも、無理矢理どうこうはしないわよ？　さすがに、洒落にならないと思うし」

「は、はあ」

引き攣った顔のエイラに、ジルコニアがくすくすと笑う。

「なあに？　びっくりした」

「びっくりしないわけがないじゃないですか。以前のジルコニア様とは、まるで別人ですよ
……」

「あはは。かもね。私自身、驚いてるくらいだし」

ジルコニアはそう言うと、土間に下りて靴を履いた。

それに続こうと立ち上がるエイラに、ジルコニアが振り返る。

「こんな気持ちになるのは、彼が最初で最後だと思うから。そんな相手ができたってだけで、十分幸せかな。あとはカズラさんが幸せになってる姿を見ていられれば、言うことなしね」

「……何かそれ、切ないです」

少し暗い顔になるエイラに、ジルコニアがきょとんとした顔になる。

「え？　そう？」

「はい。私なら、独り占めしたくなっちゃいます」

「ふーん……普通は、そう考えるものなのかな？」

「それは……分かりませんが……」

エイラが寂しそうに答える。

「まあ、エイラも好きにしたらいいんじゃない？　あなたなら、裸で押し倒せばいけると思う

けど？　いい体してるんだし」

「なっ⁉」

顔を赤くするエイラに、ジルコニアが、あはは、と笑う。

「さてと、行きましょっか。さっさと戦争を終わらせましょ」

ジルコニアはそう言うと、さっさと出て行ってしまった。

第４章　素晴らしい乗り物

ジルコニアが外に出ると、一良《かずら》とリーゼが超小型軽トラックの荷台に積んだ荷物の山に縄を括りつけていた。

荷物にはブルーシートが掛けられていて、それを縄で上から押さえつけるようなかたちだ。

すぐ傍では、オルマシオールが背中に大きな布袋を縄で縛り付けた格好で伏せをしている。

彼も荷物運びを手伝うようだ。

トラックの周囲には、元からあるバイクに加えて追加で買ってきたバイクが並んでいた。

さらに、１台だけ買ってきたスポーツタイプのバイクも、トラックの隣に置かれていた。

「カズラ、これでいいかな？」

荷台の留め具に縄を縛り付け、リーゼが顔を上げる。

一良《かずら》も反対側を縛り、リーゼに顔を向けた。

「ああ、こんなもんだろ。それにしても、すごい量になっちゃったな」

「だね。でも、走ってる途中で割れたりしないかな？」

「箱には新聞紙が詰めてあるし、大丈夫だろ。まあ、荒い運転にならないように気を付けないとな」

ダンボール箱の中身は、ガラスのコップや医薬品、リポDだ。

怪我人や病人の数が未知数なので、これでもかというくらいに用意した。

特に、万能薬扱いであるリポDは街中の商店を回って在庫を買い漁ってきた。

また、ここ数日の間、イステリアから送られてきた荷馬車も使って、肥料や食料などの一部の品々は先行して輸送してある。

肥料はイステール領で使うものであり、戦後の食料大増産に向けて使う予定だ。

「カズラさん、掃除終わりました。自動車、持ってこれたんですね！」

ジルコニアが一良《かずら》に駆け寄る。

このトラックは1人乗りの超小型トラックで、正面にカバー付きの予備タイヤがくっついている。

荷台付きのRタイプという分類の物だ。

メタリックなグリーンが日の光に反射して、キラキラと輝いている。

「ええ、どうにか。通路の途中の曲がり角がギリギリでしたよ」

「何か、変わった形ですね。前からみると、顔みたいに見えます。これなんて、団子鼻みたいです」

ジルコニアがトラックの正面に立ち、団子鼻と呼んだ予備タイヤを撫でる。

確かに、ヘッドライトが目、予備タイヤが鼻、吸気口が口に見えなくもない。

「そうですね。ずんぐりというか、面白い顔に見えるかも」

「これって、運転のしかたはバイクと同じなんですか？」

「いや、だいぶ違いますよ。アクセルとブレーキは足で操作しないといけなくて、ギアっていう変速機を手元で操作するんです」

一良《かずら》が運転席のドアを開ける。

どれどれ、とジルコニアが一良《かずら》の下へと行くと、リーゼも寄って来て中をのぞいた。

このトラックはオートマチックであり、ギアはハンドル部分に付いている。

1人乗りではあるが、運転席の左脇には荷物が置ける程度の若干のスペースが空いている。

「おー……ガラスの窓が付いてる。2人で乗るには、ちょっと狭そうですね」

「これなら、雨でも濡れないで運転できるね。冬でも寒くなさそうだけど……今の時期だと、蒸し風呂になるんじゃない？」

ジルコニアに続き、リーゼが指摘する。

「いやいや、ちゃんとエアコンが付いてるんだよ。冷暖房完備だから、夏でも冬でも大丈夫だ」

「えっ、そうなの⁉　すごいじゃん！」

「カズラさん、私に少し運転させてもらえませんか？」

ジルコニアが期待に満ちた目で一良《かずら》を見る。

「ええ、いいですよ。まずはお手本を見せるんで、よく見ててください」

一良《かずら》が運転席に乗り込み、差し込んであるキーを回す。

力強い音とともに、エンジンが起動した。

「操作は簡単です。これがギアってやつで、Pが停止で、Dに合わせると前進。Rが後進で――」

そうして運転のレクチャーをしていると、バレッタがバイクに乗ってやって来た。

その後ろからニィナたち村娘も、バイクで付いてきている。

「カズラさん、火薬兵器の積み込み終わりました。何をしてるんです?」

「あ、バレッタさん。ジルコニアさんがこれを運転してみたいっていうんで、教えてるんですよ」

「私も教えてほしいです!」

バレッタがバイクを降り、運転席に駆け寄る。

せっかくだからということで、周囲にいた村人たちも集めて運転講義をもう一度行った。

「――とまあ、こんなところです。ジルコニアさん、どうぞ。ゆっくり走ってみてくださいね」

「はい!」

一良《かずら》と入れ替わりにジルコニアが運転席に乗り込み、ドアを閉めてハンドルを握る。

ギアをPからDに切り替える。

ぐぐっとアクセルを踏み込むと、トラックがゆっくりと前進を始めた。

皆が、おお、と声を漏らす。

「動いた！　動きましたよ！」

「そうそう、そんな感じです。村を一回りしてきてもいいですよ」

「行ってきます！」

ジルコニアがトラックを走らせて去って行く。

「カズラ様、このバイクは？」

真新しいメタリックグリーンの1人乗りバイクに、エイラが歩み寄る。

「イクシオスさんにプレゼントしようと思って買ってきたんです。格好いいでしょう？」

「はい。かたちが洗練されているというか、すごく素敵ですね。車種名は何でしょうか？」

「シノビって名前です。もしよかったら乗ってみてくれませんか？」

「えっ、よろしいのですか？」

エイラが少し嬉しそうに言う。

「ええ。せっかくだし、皆で交代しながら運転しようかなって」

「エイラ、それすごく乗り心地いいよ！　風を切って走ってるって感じがするの！」

リーゼが、見て見て、とデジカメをエイラに見せる。

その画面には、シノビに乗って走っているリーゼの動画が映っていた。

「わあ、リーゼ様、運転がお上手ですね！」

「サイドカー付きのと操作は変わらないからね。むしろ、こっちのほうが簡単に運転できたよ」

それでは、とエイラがバイクに跨り、エンジンをかける。

ゆっくりとアクセルを捻り、ジルコニアの後を追って走り出す。

リーゼはその姿を、デジカメで撮影し始めた。

「ふふ、エイラさん、すごく楽しそうです。気分転換ができて良かったです」

走って行くエイラの後ろ姿を眺めながら、バレッタが微笑む。

「ですね。何だか、時々暗い顔をしてることがありましたし」

「あ、カズラさんも気づいてました？」

「ええ。この間、それとなく聞いてみたんですけど、『何でもない』って言われてしまって」

「そうでしたか……何か心配事でもあるのかな」

バレッタが言うと、リーゼがデジカメからちらりと一良《かずら》たちに目を向けた。

「それねー。まあ、なるようになるんじゃない？」

「ん？　リーゼは理由を知ってるのか？」

「何となくね。まあ、エイラだったら、何かあっても私は気にしないから。気づいても、お口チャックしておくし」

「何だそりゃ？」

「ひみつー」

意味が分からず一良《かずら》とバレッタが首を傾げていると、ジルコニアとエイラが村を一回りし終え、一良《かずら》たちの下に戻って来た。

トラックは一良《かずら》たちの前に停車すると、ピーピー、という警告ブザーとともに、後進を始めた。

バックも試したようだ。

「おー……これ、すごく便利ですね！　バイクと違って、長時間乗っていても疲れなさそうです」

ジルコニアがトラックを停車し、エンジンを切って降りる。

「それはありますね。振動もバイクに比べれば少ないし、お尻も痛くなりにくいかと」

「それに、この荷台にカノン砲を載せたら、とんでもない兵器になりますよ。絶対に敵に捕捉されないで撃ち逃げできますし」

「いや、発射の反動でトラックがぶっ壊れるんじゃないかな……エイラさん、乗り心地はどうでした？」

「すごく乗りやすかったです！　これは気持ちいいですね！」

「カズラ、私もトラック運転したい！」

「カズラさん、リーゼ様の後で、私も運転したいです」

「カズラ様、私もその後でいいので、トラックを……」

「いや、遅くなっちゃうし、交代で運転しながらにしましょうよ」

「わいわいと騒いでいる一良《かずら》たちを、少し離れたところで待っているニィナやロズルーたちが微笑ましそうに眺めていた。

その後、一行はちょこちょこ休憩を挟みつつ、砦へと向かっていた。

今トラックを運転しているのはエイラだ。

スポーツタイプのバイクは、ジルコニアが運転している。

「いいですね、これ。すごく快適です」

エイラが楽しそうにハンドルを握りながら、バイクで並走する一良《かずら》に話しかける。

トラックの窓は開いており、彼女の長い髪が風になびいていた。

「これで2人乗りできる車だったら、もっと楽しそうです」

「ですねぇ。通路がもう少し広ければよかったんですけど」

「この自動車を、こちらで改造して2人乗りにするというのはできないのですか？」

「うーん……それはちょっと厳しいかな」

「そうですか……なら、荷台部分を少し弄って、部屋のようにするというのはどうでしょう?」

「あ、それならさ、キャンピングカーをバラして持ってきて、バレッタに組み立ててもらえばいいんじゃない?」

一良《かずら》の後ろをサイドカー付きのバイクで走っていたリーゼが話に交ざる。

「なるほど！　バレッタ様ならできそうですね！　カズラ様、どうでしょうか?」

「あー、それも面白そうですね。車体は無理でも、中身だけ持ってくればこっちで組み立てて、外枠はどうにかできるかも」

「え、ええ⁉　自動車の組み立てはさすがに難しいと思いますよ?」

一良《かずら》たちの話に、リーゼの隣を走っているバレッタが困り顔になる。

「大丈夫だって。バレッタならできるできる」

「ああ。きっとバレッタさんなら、ちょちょいのちょいだな」

「戦争が終わったら、それに乗って皆でお出かけしましょうよ！」

「えー……」

そんな話をしながら走るうちに、一行は砦へと到着した。

前回同様、砦の城門の前で、ロズルーの妻のターナをはじめとした村人たち、そしてルティーナと子供たちが手を振って出迎えた。

市民や兵士たちも大勢集まっており、歓声を上げている。

コルツとミュラも、ウリボウたちの背に乗って手を振っていた。

一行は速度を緩めて近づき、彼女たちの前で停車した。

「お疲れ様です！　新しい乗り物に乗ってこられたのですね！」

「大きな乗り物ですね」

「透明な黒曜石が張り付いています……すごい」

「かっこいい！」

「ピカピカしてますね！」

ルティーナ、ルルーナ、ロローナ、ロン、リーネが、トラックに駆け寄り、物珍しそうに眺める。

すると、ルティーナが思い出したかのように、そうだ、と一良《かずら》に顔を向けた。

「つい先ほど、港町のラキールに向かったセイデン将軍たちから連絡があったとルグロから聞きました。無事に停戦できたそうですよ」

「おっ、そうですか。何の連絡もなかったから、てっきりとっくに解決してると思ってましたよ」

「あら、そうだったのですね。全部ご存知かと思ってました」

これには事情があり、ムディアにいるルグロとナルソンが、一良《かずら》たちには知らせないでおこうと決めたからだ。

　せっかく村に戻って息抜きができるというのに、余計なことを伝えて気を揉ませるのはやめておこうとなったのだ。

　一良《かずら》に伝えても、特に意味のない情報だからというのもあった。

　毎日何度もルグロの声を聞こうと連絡してくるルティーナには、ルグロがすべて話していた。

「彼らは、セイデン将軍が人質でも取られて嘘を言わされているのでは、と考えていたみたいです。無線機を見せてカイレン将軍と話させても、邪悪な魔術か何かだと言い張って、なかなか信じてくれなかったみたいで」

「そう考えてしまっても仕方がないかもですね。あ、これ、お土産の果物とアクセサリーです。お子さんたちとどうぞ」

　一良《かずら》が、ブドウとホタルガラスのアクセサリーが入っている紙袋を差し出す。

「まあ！　いつもありがとうございます！　ほら、皆、お礼を言って」

「「「カズラ様、ありがとうございます！」」」

　並んでぺこりと腰を折る子供たちに、一良《かずら》が「どういたしまして」と笑顔を向ける。

　さっそくアクセサリーを確認しようとするロンとリーネを、ルルーナとロローナが「後でにしなさい」と叱りつけていた。

　一良《かずら》たちがそんな話をしていると、少し離れたところでミュラと話しているロズルーに、コルツが困り顔で近寄った。

「あのさ、ロズルーさん。こいつ、トイレに行く時も付いてきて困ってるんだよ。何とか言ってやってよ」

「え？　トイレって、どうしてだい？」

きょとんとするロズルーに、コルツが心底疲れた顔になる。

「おしっこしにくいだろうからって、ズボンの上げ下ろしを無理矢理手伝ってくるんだよ。この間なんて、宿舎のお風呂を使わせてもらえたんだけど、一緒に入ってきて全身洗われたし」

「え、ええ？　ミュラ、そういうのはユマさんたちに任せておけばいいんじゃないか？」

困惑するロズルーに、ミュラが不満顔になる。

「私がお世話するって決めたんだもん！」

「いや、そうは言うけど、何でもかんでも介助が必要ってわけじゃないだろ？」

「そうだよ。だいたいのことは自分でできるから、大丈夫なんだって」

ロズルーに続いて言うコルツに、ミュラがむくれる。

「そんなこと言って、ベルトの留め具、上手く止められなかったじゃない。お風呂だって、左手がないのにどうやって右腕を洗うの？」

「いや、でもさ……ロズルーさぁん」

コルツがロズルーに助けを求める。

ミュラはロズルーに目を向けると、「余計なことは言うな」とでも言うかのような視線を向けた。

「ま、まあ、どうせ将来は夫婦になるんだし、その予行練習ってことでいいんじゃないかな？」

「ええ⁉」

驚愕するコルツに、ミュラが「そうだよ！」と同調する。

結婚することは決定済みのようだ。

「コルツ、いいじゃないか。ミュラちゃんみたいな可愛い子と結婚できるんだから」

「ミュラちゃんなら安心よね。見限られないように、大事にするのよ？」

コーネルとユマまでそれに乗っかり、ギャラリーたちも「そうだ！　そうだ！」とはやし立てる。

ターナは口出しするつもりはないようで、「あらあら」と微笑むばかりだ。

「うう……カズラ様も何とか言ってよ！」

「え、ええと……あ！　ガソリン入れ終わりましたか！　出発しましょう！」

「カズラ様⁉」

「あとこれ、ウリボウたちへのお土産だから、おやつに食べさせてあげてね！」

一良《かずら》がトラックの荷台から大きなビニール袋を4つ取り出し、その場に置く。

「そ、そうじゃなくってさ！」

「じゃあまた！」

余計な口出しをしてミュラに睨まれては困ると、一良《かずら》はさっさとバイクに跨るとエンジンをかけるのだった。


砦から数時間走り、夕方近くになって一良《かずら》たちはムディアへと到着した。

街ではいまだに外出禁止令が出されているが、それは夕方以降のみに切り替えられている。

徐々にではあるが、市民たちは日常を取り戻しつつあった。

現状、街を管理しているのはクレイラッツ軍だ。

バルベールの守備隊から管理方法の引継ぎを行っており、すべての業務がクレイラッツ軍に移行されることになっている。

「おっす！　お疲れさん！　それがトラックってやつか！」

「カズラ殿、長旅お疲れ様でした」

城門の外で待っていたルグロとナルソンが、先頭でトラックを運転している一良《かずら》を出迎える。

残していったバイクと護衛の兵士たちもおり、出立準備が整っている様子だ。

彼の背後にはアイザックもおり、一良《かずら》に深々と頭を下げた。

マリーと彼女の母親のリスティル、バリンをはじめとしたグリセア村の者たちもいる。

ティタニアとウリボウたちも、ちょこんとお座りして一良《かずら》たちを見ていた。

「ルグロもお疲れ。ナルソンさん、お久しぶりです。部族の様子はどうですか？」

「何とか抑えられている状態です。今のところ、攻めかかって来る気配はないとのことです」

やれやれ、といった様子でナルソンが答える。

「食料をたくさんあげて、野戦病院も作ってあげたんでしたっけ？」

「はい。他にも、衣料品や酒、簡易住宅用の資材も無償提供しております。バルベール北部地域の割譲に関する合意書も、カイレン将軍が渡したとのことです」

「へえ、そこまで話が進んだんですか。すんなりいってよかったですね！」

一良《かずら》が言うと、ルグロが少し渋い顔になった。

「いや、順調ってわけでもなかったんだぜ？　あっちの穏健派の族長が暗殺されそうになったって話でさ」

物騒な単語に、一良《かずら》が驚いた顔になる。

「暗殺？　それって、アロンドさんが仕えてるっていう族長が殺されかけたってこと？」

「らしいぜ。やっぱ、首都を落としてバルベールを丸ごと手に入れようっていう奴らは結構いたらしくてさ。まあ、未遂で済んだからよかったけどよ」

「そっか。危なかったね……」

「まあ、詳しくはあっちでカイレン将軍から聞こうや。部族連中の説得準備はできたんだ

に渡す。

ろ？」

「うん。ばっちり用意してきたよ。ほら、これが配布用の資料」

一良《かずら》が運転席に置いてあるバッグから、Ａ３サイズのチラシを取り出してルグロとナルソンに渡す。

いくつもの写真が載っているそれを見て、ルグロは目を丸くした。

「うお⁉　こ、こりゃすげえな……」

「上映する動画はもっとすごいから、期待しててよ」

「そうなのか……はあ、やっぱ神様ってのはすげえな。見た目は俺らとまるっきり同じなのにな」

「ま、まあそうだね」

「それはそうと、このトラック、ちょっと見せてもらっていいか？　気になっちまってさ」

「うん、いいよ。後で運転する？」

「したい！　させてくれ！」

ルグロが、ぱっと表情を輝かせる。

バイクもそうだが、こういった乗り物が大好きなのだ。

「バレッタさん、ルグロにトラックの説明をしてあげてください」

「はい」

ルグロをバレッタに任せ、一良《かずら》はアイザックへと歩み寄った。

「アイザックさん、久しぶりですね！　元気そうでよかったです！」

一良《かずら》が両手で彼の手を握る。

「カズラ様もお元気そうで。我が国のために度重なるご尽力、本当にありがとうございます」

「いやいやそんな。こっちこそ、いろいろと大変なことばっかり任せちゃって、すみませんでした。怪我とかしてませんか？」

「このとおり、五体満足で帰ってこられました。すべてはカズラ様のおかげです。ありがとうございます！」

「よかった……イクシオスさんとも会えましたか？」

「はい、帰還報告の時に会ったきりですが」

「えっ、そうなんですか？　すごく心配してたと思うんですけど」

怪訝そうに一良《かずら》が言うと、アイザックは苦笑した。

「叔父のマクレガーからも、そう聞いております。まあ、父はそういう性格ですので」

「ああ、確かに……イクシオスさんは今どこにいるか分かります？　お土産を渡したいんですが」

「すぐに来ると思いますが……もう出発するようならば、私が預かりますが」

「おっ、そうですか。ジルコニアさん、バイクを」

にまで進んで来た。

アイザックが驚いた顔で、目をぱちくりさせる。

「えっ。もしかして、このバイクを、ですか?」

「ええ。イクシオスさん、バイクが大好きじゃないですか。だから、喜んでもらえるかなって」

「きっと大喜びするかと。カズラ様たちが出立してからというもの、暇さえあればバイクに乗ったり眺めたりして過ごしていると聞いていますので」

「そっかそっか。アイザックさんは、俺たちと一緒にバーラルに行くんですか?」

「はい、護衛として同行させていただきます」

「なら、あっちでお土産渡しますね。いい酒を持ってきたんで、一緒に飲みましょう」

「はい! ありがとうございます!」

「さ、酒……」

聞こえてきた酒という単語に反応し、バレッタと話していたバリンが物欲しそうな顔でつぶやく。

「お父さんの分も、ちゃんとあるから。そのサイドカーに載ってる箱のやつ、カズラさんが皆
「はーい」

一良《かずら》が呼びかけると、スポーツタイプのバイクに跨っていたジルコニアが、アイザックの前

で飲んでって」

バレッタが自分の乗ってきたバイクのサイドカーを指差す。

バリンは小走りでサイドカーに向かうとダンボール箱のフタを開け、みっちりと収まっている洋酒の箱を見て、にへら、と表情を崩した。

傍にいた他の村人たちも集まってきて、やったやったと大喜びだ。

その様子を一良《かずら》は微笑ましげに見ながら、ナルソンへと顔を向けた。

「そういえば、プロティアとエルタイルの軍はまだ着いてないんですか？」

「まだです。距離がかなりありますし、到着はしばらく後になるかと」

「なるほど……彼らは、我々がバルベールと講和を結んだってことはまだ知らないんですっけ？」

「はい、まだ伝えておりません。一応、伝令は出しましたが」

「ということは、彼らとバルベール軍がどこかで衝突する可能性があるってことですか」

「そうなります。バルベールも各地の軍に停戦命令を伝えきれていませんので」

現在、ここムディアに向けてプロティアとエルタイルが軍を向かわせている。

だが、本国に残っている軍勢を使って、バルベールに攻撃を仕掛けないとも限らない。

「バイクを使って各地に伝令をとも考えましたが、まあ、そこまでする義理もありませんからな」

それに、とナルソンが続ける。

「とはいえ、彼らとて自分の目で戦況を見たわけではないので、単独で攻撃は行わないでしょう。それほどの気概があれば、砦への攻撃を知った時点で参戦しているはずですので」

「あー、確かに。まあ、放っておいていいですかね」

「それでよいかと」

そんな話をしていると、城門のほうからラタの蹄の音が近づいて来た。

イクシオスとカーネリアン、その後ろには、バルベールの老兵もいる。

「カズラ様！」

カーネリアンがラタから飛び降り、一良《かずら》に駆け寄る。

そして、何とも朗らかな笑顔で両手を差し出し、一良《かずら》の手を握った。

一良《かずら》がグレイシオールであるということは、ナルソンから伝えられて彼も承知済みだ。

「お久しぶりでございます。今までのご支援の数々、改めて礼を言わせてください」

「いえいえ。こちらこそ、ずっと正体を隠していてすみませんでした」

「とんでもございません。状況を考えれば、当然のことです」

カーネリアンはそう言うと、後ろでラタを降りている老兵に目を向けた。

「彼は、今までムディアで守備隊司令官を務めていたセブという者です。セブ殿、カズラ様にご挨拶を」

老兵が慌てて、一良《かずら》に駆け寄る。

「セ、セブと申します！　このたびは格別のご配慮を賜り、グレイシオール様には感謝しきりでして！」

彼も、ナルソンから一良《かずら》の正体については聞かされている。

正直なところ、彼は一良《かずら》が本当にグレイシオールなのか疑ってはいたのだが、そんなことはおくびにも出していない。

長いものには巻かれるのが一番、というのが彼の生きかたなのだ。

「初めまして。私のことは、カズラと呼んでいただけると」

「ははっ！　承知いたしました！」

セブが背筋をピンと伸ばして敬礼をする。

「まあ、いろいろありましたけど、これからは仲間同士です。セブさんの身分や財産は保障しますから、これからも協力をお願いしますね」

「ありがとうございます！　粉骨砕身、励ませていただきます！」

「それじゃ、ナルソンさん。そろそろ出発しましょうか」

「かしこまりました。イクシオス、カーネリアン殿とともに、後のことは……こらこら、それは後にしないか」

ナルソンがイクシオスに目を向けると、彼は早速スポーツバイクに跨って、リーゼから説明を受けていた。

話の邪魔にならないようにとリーゼが気を利かせ、イクシオスに応対してくれていたのだ。

「イクシオス様、父が呼んでいますよ」

リーゼに言われ、少年のような目でハンドルを握っていたイクシオスが、ナルソンに顔を向ける。

「ん？　すみません、聞き取れませんでした。もう一度願います」

「はあ……後のことは任せると言ったのだ。それと、バイク遊びはほどほどにしておくように」

「心得ております。ご安心を」

「まったく……お前、ここ最近で性格が変わったんじゃないか？」

「はあ、そうでしょうか？」

呆れ顔のナルソンにイクシオスはとぼけた調子で答えると、再びバイクに目を戻した。

「父上、カズラ様にお礼を」

アイザックがイクシオスに囁く。

「何という美しい造形……ん？　何だって？」

「カズラ様にお礼を言わないと」

「あっ、そうだった！　カズラ様、ありがとうございます！」

「いえいえ、どういたしまして。たくさん乗り回してやってください」

ぺこりと頭を下げるイクシオスに、カズラが笑って答える。

イクシオスは「はい」と返事をすると、すぐにバイクに目を戻した。

興奮しすぎて、それどころではない様子だ。

アイザックは父親の態度に、げんなりした顔で頭を押さえている。

「それじゃ、行くとしますか」

それぞれがバイクに乗り、エンジンをかける。

マリーとリスティルも同行するようで、それぞれ別のバイクのサイドカーに向かった。

一良《かずら》がトラックの運転席に乗り込もうとしていると、ティタニアがトコトコと小走りでやって来た。

ウルウルと涙をにじませた瞳で、一良《かずら》を見つめる。

「お土産は？」と顔に書いてあった。

「あっ、ティタニアさん。ちゃんとお土産ありますから。後で、オルマシオールさんと一緒にと思ってたんですけど……」

一良《かずら》がトラックの荷台に走り、ビニール袋を漁る。

その中から、「犬用ちゅるる　120本パック」と大きく書かれたプラスチックの丸い箱を取り出した。

フタを開けてチューブ式のそれを1本取り出し、口を切る。

「犬用なんですけど、どうですかね？」

怪訝そうな顔をしているティタニアの前にそれを差し出すと、一瞬彼女の動きが止まった。

次の瞬間、彼女の口から、だばあ、とよだれがあふれ出した。

「わんわんわんわん⁉」

「うおお⁉　ど、どうぞ」

目を見開いてよだれを散らしながら吠え出したティタニアの口に、ちゅるるを差し込んで中身を押し出す。

彼女はくちゃくちゃと音を立てて咀嚼した直後、その表情が、あへえ、ととろけた。

ヘヴン状態である。

「おお、すごい効き目だ。犬用でいいんだな」

「カ、カズラさん、それ何なんですか？　麻薬とかじゃないですよね？」

「ティタニア様、目がイッちゃってるんだけど……」

その様子を見ていたバレッタとリーゼが、心配そうに言う。

ティタニアはあまりの美味しさに衝撃を受けたのか、ピクピクと体を震わせながら舌を垂らして恍惚とした顔になっている。

「麻薬じゃないですって。日本で大流行してるペット用のおやつで、ティタニアさんたちも食

べられるかなって思って大量購入してきたんです」

「おやつですか……そんなに美味しいんだ」

「カズラ、私にも1本ちょうだい！」

「別にいいけど、これは犬用だから人の口には合うかどうか……ん？」

一良《かずら》がそう言って箱に手を入れると、いつの間にか周囲にウリボウたちが集まって来ていた。

オルマシオールもおり、鼻をひくつかせながら、ちゅるるを持つ一良《かずら》の手をガン見している。

ティタニアも正気に戻ったのか、目を血走らせて一良《かずら》に「もっと寄こせ」という視線を送っている。

「じゃ、じゃあ、皆に1本ずつあげますから。マリーさんたちも、手伝ってもらえます？」

「か、かしこまりました」

そうして、皆でウリボウたちに1本ずつ、ちゅるるを与えてから出発の運びとなった。

セブとカーネリアンは謎の展開に困惑しながらもそれを手伝い、どれだけ美味しいのだろう、とちゅるるを一気に口に入れたバレッタとリーゼはその場で吐いていた。


深夜。

夜通し走り続けた一行は、バルベール首都のバーラルへと到着した。

首都を囲む長大な防壁の前では、バルベールのアルカディア攻略軍が、クタクタといった様子で地面に座り込んでいる。

エンジン音を響かせながら一良《かずら》たちが近づくと、先にやって来ていたアルカディア騎兵たちが駆け寄って来た。

その数、1000人以上はいるだろう。

座り込んでいる兵士たちの視線が、一良《かずら》たちに集まった。

一良《かずら》たちは彼らから少し離れた場所で停車した。

オルマシオールとティタニア、数十のウリボウたちは、ラタを怯えさせないようにと離れた場所に移動した。

「うお、すげえ数だな。ムディアにいた奴ら、こんなにいたんだっけか」

ルグロが一良《かずら》のバイクの隣に自身のバイクを停め、バルベール兵たちを眺める。

ちなみに、トラックはリーゼが運転している。

運転のしすぎでお尻が裂けそう、とのことで、トラックを希望したのだ。

「ほんと、すごい数だよね。でも、向こうにもかなりの人数が残ってるんでしょ？」

「ああ。怪我人だらけだからな。あの時の無駄な戦闘のせいで死にかけてる奴が、5、600人はいたらしい。けど、カズラのくれた薬を使ったら8割方助かったって話だぞ」

カイレンの命令を無視してムディアからの逃亡を図ったバルベール軍は、アルカディア軍からカノン砲、スコーピオン、カタパルトの乱れ打ちを食らい、かなりの犠牲を出した。

完全に不要な戦闘であり、ルグロとしてはやりきれない思いだったのだ。

「あとちょっとで、皆が故郷に帰れたってのにさ。あれさえなけりゃなぁ」

「最後の最後に、あんなことになるとはね……」

しんみりと話をしているうちに、アルカディア騎兵たちが傍にやって来た。

1騎がナルソンの乗っているサイドカーに近寄り、ラタから降りる。

「ナルソン様、お待ちしておりました」

「うむ。このバルベール兵たちは、今着いたところか？」

「つい先ほど。最低限の休憩しか取らずに移動してきたようで、全員疲れ切っています。街に入るのもおぼつかないようです。落伍者もかなり出たようです」

「まあ、あの距離をこの日数で、しかも徒歩ではそうなるだろうな」

「カズラ様！」

すると、座り込んでいる兵士たちの間を縫って、フィレクシアを後ろに乗せたカイレンがラタで駆け寄って来た。

その後から、ティティス、ラッカ、ラース、さらにはお付きの騎兵たちも付いてきている。

「遠路、お疲れ様でした。わざわざお越しいただき、ありがとうございます」

カイレンたちがラタを降り、一良《かずら》に深々と腰を折る。

ラッカも同じように腰を折り、棒立ちしているラースの背中を引っ叩いて腰を折らせた。

全員武器は持っておらず、丸腰のようだ。

「出迎えありがとうございます。用意はできていますか？」

「はい。北門の外に、部族の主だった者たちに集まるように伝えてあります。参りましょう」

カイレンは騎兵に指示を出し、座り込んでいる兵士たちに道を空けさせた。

「食事はお済みですか？　必要なら、何か用意させますが」

「食べながら来たんで、大丈夫です。太陽が昇る前に説明会を済ませないとですし、早く行きましょう」

「承知しました。では、参りましょう」

するとラタに飛び乗ったカイレンにバレッタが声をかけた。

「カイレン執政官」

「くれぐれも、私たちの誰かが怪我などをしないよう、よろしくお願いしますね」

「警備は万全だ。街中に外出禁止令も出している。そんなに警戒しないでくれ」

カイレンが困り顔でバレッタに言う。

そんな彼に、バレッタはにこりと微笑んだ。

「はい。もし私たちに何かあったら、この街は火の海ですもんね」

バレッタの一言に、カイレンの周囲にいるバルベール兵たちの顔が強張った。

どうやら、彼らも説明を受けているようだ。

「ああ。あと一歩で平和が訪れるんだ。この命に替えても、貴君らの身の安全は守らせてもらう」

「それを聞いて安心しました。カズラさん、行きましょう」

「え、ええ」

一良《かずら》がエンジンをかけ、ゆっくりと進み始める。

オルマシオールが先頭を、ティタニアが最後尾を、それぞれウリボウたちを伴って、少し距離を離して進み出した。

アルカディア騎兵たちは一良《かずら》たちを守るようなかたちで、びっしりと両脇を埋め尽くす。

「ん？　ラースさん、手はもう大丈夫なんですか？」

カイレンと並んで先を進むラースが両手で手綱を握っていることに気づき、一良《かずら》が声をかける。

「……ああ。腫れも引いたし、痛みもない。骨もくっついたみたいだ」

ラースが前を向いたまま、無感動に答える。

その態度を無礼と思ったのか、隣のラッカが焦り顔で口を開いた。

「頂戴した秘薬を飲み始めてから、あれよあれよという間に治ってしまいまして。さすがは神の秘薬だと、皆で驚いていたんです」

「まったく、とんでもねえ薬だよ。いくら負傷兵を出させても数日で治っちまうってんじゃ、数で押してたって勝てるわけがねえな」

ラースにはリポDを何本か渡してあり、一日1本飲むように伝えてある。

数的に身体能力は強化されないが、怪我の治癒はするだろうという見込みだったのだが、上手くいったようだ。

「兄上！　口の利きかたに気を付けろとあれほど――」

「あ、いいですって。無理して敬うような真似しないで、自然体でいきましょう」

「寛大なお言葉、誠に恐縮でございます……」

ラースに代わってペコペコと頭を下げるラッカ。

ラースはつまらなそうな顔で、手綱を握り続けている。

「それはそうと、部族の人たちの様子はどうですか？　攻めてくる気配はないんですよね？」

「はい。これでもかというくらい物資を提供して機嫌を取っていますので。正直なところ、カズラ様が期限どおりに到着してくださって助かりました」

「というと？」

「連中、どんどん数を増しているんです。すでに40万人以上が集まっているかと」

「よ、40万人？」

途方もない数字に、一良《かずら》が唖然とした声を漏らす。

バルベール軍が砦に差し向けた攻略軍もすさまじい数だったが、それでも兵士の数は７万人程度だった。

その6倍もの人数となると、どのような光景が広がっているのか想像もつかない。

「奴らの機嫌を取るために食料や酒を提供してはいますが、量が尋常ではありません。北の農地は放置状態ですし、市民も不安がっています」

「ええ。早急に、彼らには割譲地域に移住してもらいましょう。そのための資材は、用意できているんですよね？」

「食料だけはできております。新たに街を作ることになりますから、住宅用の建材の大半は現地調達になりますね」

「すべてを一気には無理ですから、人数を分けて順番に移住がいいと思いますよ」

一良《かずら》の隣を進むバレッタが、口を挟む。

「あと、焦土作戦で街を失ってしまった人たちは、部族の人たちとは離れた土地に移住させたほうがいいと思います。二度と顔を合わすことがないくらいの場所に」

「故郷を追い出されたようなものですもんね……なかには、家族や友人を殺された人もいるでしょうし」

バレッタと一良《かずら》の意見に、カイレンが頷く。

「はい。議員たちからも、同じ意見が出ております。我が国も南部に新たに街を作って、逃げて来た市民たちはそこに移住させることになっています」

そんな話をしながら、一行は城門をくぐる。

街はしんと静まり返っており、大通りの両脇には松明を持ったバルベール兵が点々と配置されていた。

皆、一良《かずら》たちの乗るバイクやトラックを見て驚いた顔をしているが、口は閉ざしたままだ。

一切の無駄口を叩くなと、元老院から命令が出ているためだ。

「……すごい街並みだ」

「イステリアとは、比べ物にならないですね……背の高い建物が、すごく多いです」

月明かりに照らされた大通りを進みながら、一良《かずら》とバレッタが家々に目を向ける。

視界に入る建造物の大半は石造りで、どれも立派でみすぼらしいものは1つもない。

背の高い建物が多く、4階建ての建物が特に多い。

「大きな建物は集合住宅なのです。バーラルの人口はどんどん増えているので、こういった建物がたくさん必要なのですよ」

カイレンの後ろに乗っているフィレクシアが振り返る。

「どこもかしこも人口過密で、生活するだけでも大変なんです。特に、水の確保と排水が問題になっています。衛生状態が悪くて大変なのです」

「そうなんですか。整備が行き届いているってわけじゃないんですね」

「はい。人が増えすぎて、どうにもこうにもなのです。その辺りも、後でお手伝いしてもらえると助かるのですよ」

「フィレクシア、今はそういう話はやめろ。俺たちは、あれこれ頼める立場じゃないんだぞ」

カイレンが少し振り返り、フィレクシアをたしなめる。

フィレクシアは不満顔になった。

「でも、これからは私たちと同盟国は協力関係になるじゃないですか」

「それは形式上の話だ。実質、俺たちは無条件降伏したんだからな」

「それはそうですけど……」

「まあ、手伝えそうなところは手伝いますから。追々、話し合いましょう」

一良《かずら》が助け舟を出すと、フィレクシアは嬉しそうに頷いた。

「はい！　それと、後でリーゼ様が乗っている乗り物を見せて——」

「こら！　言った傍から！」

「ひっ！　ご、ごめんなさいです」

カイレンに叱られ、フィレクシアが肩をすぼめる。

そうしてしばらく通りを進み、一行は北の城門前に到着した。

軍団長と元老院議員たち、そしてエイヴァー執政官が一良《かずら》たちを出迎え、深々と腰を折る。

全員で200人以上はいるようで、皆が丸腰だ。

「遠路、お疲れ様です。お待ちしておりました」

頭を上げたエイヴァーが、にこやかな笑みを一良《かずら》に向ける。

「お久しぶりです。部族の人たちは、約束どおり来ていますか?」

「はい。互いの陣の間に設けた会場に。まずは首脳陣に説明をし、承諾が得られたのちに他の者たちにもということになっております」

「分かりました。荷物、積み替えちゃいますね」

一良《かずら》が指示し、アルカディア兵が用意されていた荷馬車に、トラックやバイクに載せていた荷物を積み込む。

バイクなどのエンジン音で、部族の者たちを驚かせないためだ。

エイヴァーは城門を開けるように、兵士に指示を出した。

城門の扉は重厚な板の上から鉄板が張られたもので、高さ5メートルはある巨大なものだ。

バルベール兵たちが声を掛け合いながらロープを引っ張り、吊り下げ式のそれを上げていく。

「今日が過ぎれば、お互いゆっくり休めるようになるでしょう。国の存亡に頭を悩ませるのは、しばらくはしなくて済みそうですね」

上がっていく門を眺めながら、エイヴァーが言う。

「はい。これからは互いに協力して、ともに発展していきましょう。殺し合いなんて、もうこりごりです」

「そうですね……今後は民の幸せを一番に考えて、治政を行っていきたいものです。そのための舵取り、どうぞよろしくお願いいたします」

「ああ、そのとおりだ。こっちの貴族も、おたくらの元老院もさ、これからはちょくちょくお互いの街を行き来して、仲良くやろうぜ？」

一良《かずら》の隣に来たルグロが話に交ざる。

「んで、皆で仲のいい友達になるんだ。そうすりゃ、戦争しようなんて考えなくなるだろうからさ」

「はは、それはいいですね。皆が、ルグロ殿下のような考えでいてくだされよいのですが」

「大丈夫だって。反対する奴がいたら、俺がどやしつけてやる。それに、カズラが号令を出してくれりゃ、絶対に大丈夫だ。な、カズラ？」

ルグロが一良《かずら》の肩を、ぽん、と叩く。

その時、ようやく城門が視線の高さまで上がり、外の光景が見えた。

城門の外には広大な防御陣地が作られており、幾重にもわたって馬房柵と堀が作られていた。

大勢のバルベール兵が配置についていて、全員が座り込んでこちらに目を向けている。

一良《かずら》たちが外に行く邪魔にならないよう、城門の正面の陣地は撤去されて道が整備されていた。

「す、すごい数ですね……」

道の先に広がる光景に、バレッタが唸る。

1キロメートル以上先の暗い平原に、部族軍の大集団が居座っていた。

深夜ということもあり、所々に見張りの松明の明かりが見えるが、ほとんどの者は眠っているようだ。

露天で横になっている者が大勢おり、それは遠目に見える森の中にまで続いている。

馬房柵や防塁といったものはなく、彼らはただそこにいるといった様子だ。

木で作った掘立小屋がぽつぽつ見られ、バルベールから提供されたとみられる天幕もかなりの数があった。

集団の少し手前には数百にもおよぶ数の天幕が等間隔で横一列に置かれている。

それらは野戦病院で、部族軍の病人や怪我人が大勢治療を受けているのだ。

そこから3、400メートルほど先に、十数人の人影があった。

「でしょう？　あの集団がここに攻めかかってきたらと思うと、生きた心地がしませんでしたよ」

エイヴァーはバレッタにそう言うと、行きましょう、と皆をうながす。

一良《かずら》たちは頷き、用意されていたラタに飛び乗った。

第5章　甘すぎる飴と怖すぎる鞭

防御陣地に籠るバルベール兵たちの視線を受けながら一良《かずら》たちは進み、暗い平原で待っている集団へと向かう。

マリーとエイラはアルカディア兵たちと一緒に、部族の者たちがいる場所から400メートルほど離れた場所にあるゴミ山に向かった。

リスティルは、オルマシオールたちと一緒に城門の前で留守番だ。

「あそこに作っていただいた木箱の大きさは、指示したとおりになっていますか？」

バレッタが近くにいたアルカディア兵に小声で尋ねる。

連れて来ている兵士は、彼を含めて荷馬車を操る兵士の2人だけだ。

「はい。寸分たがわず作りました。ご指示どおり、少し隙間も開けてあります」

「分かりました。ありがとうございます」

「ここでお待ちを。こちらは大人数ですので、先に行って説明してまいります」

エイヴァーはそう言い、単騎で走り出す。

一良《かずら》は暗視スコープを取り出し、目に当てた。

「お、アロンドさんがいる」

「カズラさん、私にも見せてください」

「どうぞ」

ジルコニアが暗視スコープを受け取る。

「あらあら。よくもまあ、あんなに笑顔でいられること」

ジルコニアが呆れた声を漏らす。

アロンドは駆け寄ったエイヴァーをにこやかに迎え、何やら話している。

彼の隣にいるゲルドンも笑っており、和やかな雰囲気だ。

その傍には、木材で組まれた背の高い木枠が用意されている。

吊り下げ式の大型スクリーンを設置するために、カイレンたちに設置してもらっておいたものだ。

「何を話してるのかしら。皆、機嫌がよさそう」

「ものすごく有利な条件で講和がまとまるんですから、そりゃ機嫌もいいですよ。後ろには大軍勢がいるし、今さら反故になるなんて思ってないでしょうし」

「そうかもですね……リーゼ、アロンドの隣にいる女が、族長の娘？」

ジルコニアがリーゼに暗視スコープを渡す。

リーゼはそれを目に当て、頷いた。

「はい。ウズナという人です。アロンドにメロメロって感じでした」

「なるほどね。娘が気に入ってるなら、族長もアロンドを無下にはできないものね」

「しかしまぁ、敵対勢力に身一つで飛び込んで、よくそんな芸当ができるな。あいつ、超有能なんじゃねえか？」

ルグロが感心したように言う。

「悪知恵が働くだけですよ。この先何があっても、信用はしないほうがいいです」

「目的のためなら、他者を簡単に切り捨てる人なんです。覚えていてください」

「そ、そうか。でもまあ、アロンドのおかげでこうして講和のチャンスが来たのは事実だしさ。頭から嫌うってのは――」

「「それとこれとは別です！」」

ジルコニアとリーゼに同時に言われ、ルグロが「お、おう」と引き下がる。

余計なことを言うとややこしくなりそうなので、一良《かずら》は黙っていた。

すると、エイヴァーが振り返ってこちらに手を振った。

こっちに来い、ということのようだ。

カイレンが、「よし」と手綱を握り直す。

「行きましょう。くれぐれも、誤解を招くような行動はしないよう注意してください。ラース、分かったな？」

「わーってるよ。何も言わねえから、心配すんな」

皆で、エイヴァーたちの下へと向かう。

彼らから10メートルほど手前で、ラタから降りた。

「ずいぶんと連れて来たな。アルカディアの司令官は誰だ？」

立派な髭を蓄えた初老の男が、一良《かずら》たちに目を向ける。

アロンドが仕えている族長、ゲルドンだ。

ルグロが、一歩前に出る。

「アルカディア王国王太子、ルグロ・アルカディアンだ。総司令官は俺ってことになってる」

「ほう。王太子自ら来るとは、驚いたな」

ゲルドンが、傍らにいるアロンドをちらりと見る。

「ご本人です。間違いありません」

「そうか。何とも豪胆な男じゃないか」

がはは、とゲルドンが笑う。

かなり無礼な態度にエイヴァーたちの表情に緊張が走ったが、ルグロは気にした様子はない。

「そりゃあ、お互い様だろ。そちらさんだって、族長を全員連れて来てくれたんだろ？」

「ああ、そのとおりだ。講和締結と一緒に、目玉が飛び出るようなものを見せてくれるって話だからな」

「おう。驚きすぎて、心臓が口から飛び出るかもしれねえな。バレッタ、リーゼ殿、準備をしてくれ」

「「かしこまりました」」

「リーゼ様、お手伝いいたします」

「私にも手伝わせてください！」

バレッタたちに続き、ティティス、フィレクシアが、荷馬車に向かう。

フィレクシアは機器に興味津々なようで、あれこれとバレッタに質問をし始めた。

それを止めようと声をかけようとしたカイレンに、一良《かずら》が「いいんですよ」と声をかけている。

「ところで、あそこにいるのはウリボウか？」

ゲルドンが城門へと目を向ける。

「神様だよ。戦の神、オルマシオール様だ」

ルグロが答えると、ゲルドンが渋い顔になった。

「執政官たちから聞いてはいたが、そんなみえみえの嘘はやめてくれ。我らを脅すつもりだとしても、小賢しいにも程があるぞ」

「んなこと言っても、本物だからなぁ」

ルグロが困り顔で頭を掻く。

それを見て、アロンドの隣にいたウズナの表情が険しくなった。

「あんたたち、まさかとは思うけど、ここまできてバカなこと考えてるんじゃないだろうね？もしそうなら、後悔することになるよ」

「考えてねえって。俺らが心配してるのは、おたくらの背後から迫ってる連中のことだしさ」

ルグロが真剣な顔で言う。

「こんな大軍勢を持ってるあんたたちが圧倒されるような相手が迫ってるってのに、ごちゃごちゃ戦ってる場合じゃないだろ？　それに、俺たち同盟国はあんたらに恨みなんてないしさ。ハナからいがみ合うような真似なんて、したくないに決まってるだろ」

「ああ、そのとおりだ。過去の遺恨は忘れて、迫りくる脅威に対抗しなければな」

カイレンが口を挟む。

「そのための誠意は、この６日間で十分見せたつもりだ。食料、物資、医薬品、それに野戦病院の提供まで、無制限で続けてるんだぞ。徹底抗戦するってんなら、こんな真似をするはずがないだろう？」

「……ああ。そうだね。失礼なことを言って、悪かった」

ウズナが頷く。

当然だが、まだ不信感は拭えないようだ。

「ウズナさんは心配性だね。大丈夫、この場にルグロ殿下が来てくださっていることが、何よりの証だよ」

「……うん、わかった。ごめんね」

しおらしく頷くウズナ。

アロンドがその頭をわしわしと撫でると、「こら！」と顔を赤くして手を振り払った。

それを見て豪快に笑うゲルドンに、ウズナが「何笑ってるんだよ！」と怒る。

「……本当にたらしこんでますね」

「仲良さそうですね……」

小声で言うジルコニアに、一良《かずら》が頷く。

ウズナはアロンドを信頼しきっているように、一良《かずら》たちには見えた。

ゲルドンも公認のようであり、いったいどうやったらそこまでの信頼を得られるのかと内心首を傾げる。

すると、視線に気づいたアロンドが、２人に笑顔を向けた。

「ジルコニア様、カズラ様、お久しぶりでございます！」

「お久しぶりです。今まで、大変でしたね。ご苦労様でした」

黙って睨みつけているジルコニアに代わり、一良《かずら》が笑顔を向ける。

「いえいえ、そんな！　こうして再びお会いできたのも、カズラ様のご尽力の――」

言いながら、感極まったといった表情でアロンドが一良《かずら》の手を取ろうと歩み寄る。

すかさず、ハベルとジルコニアが一良《かずら》の前に出た。

「それ以上、近寄らないで」

「兄上、止まってください」

　2人に睨みつけられ、アロンドが困り顔になる。

「そんな、ジルコニア様。警戒しないでください。何もしやしませんから」

「どうだか。ハベル、アロンドが武器を持ってないか調べて」

「はっ。兄上、両手を挙げてください」

　ハベルがアロンドに歩み寄る。

　アロンドは素直に従い、両手を上げた。

　ハベルがアロンドの首元から順に、身体検査を始める。

「アロンドさん、よく無事でいてくれました。アロンドさんのおかげで、この戦争も終わらせられそうですね」

　にこやかな笑みで言う一良《かずら》に、アロンドが嬉しそうに微笑む。

「もったいないお言葉、ありがとうございます。その節は、突然姿を……こ、こら！　どこを触ってるんだ⁉」

　ベルトを外してズボンに手を突っ込んだハベルに、アロンドが仰天する。

　ハベルは顔をしかめながら、ため息をついた。

「触りたくて触ってるわけじゃないですよ。動かないでください」

「そんなところに何かを隠すわけないだろ！　ちょ、や、やめろって！　揉むんじゃない！」

「陰部の検査は基本ですよ。ジルコニア様とリーゼ様の前でなかったら、全裸にしているところです」

「ハベル、私たちのことはいいから、全部脱がせて徹底的に調べていいわよ？」

ジルコニアがニヤニヤしながら言う。

リーゼはスクリーンを運びながらその様子を横目で見て、「うわあ」と小さく声を漏らした。

ゲルドンは爆笑しており、他の族長たちも「脱がせ脱がせ」と、はやし立てて笑っている。

仲間が疑われているというのに、気にしている様子は皆無だ。

「それくらいにしなよ！　何も持ってやしないんだから！」

それを見ていたウズナが駆け寄り、ハベルに怒鳴る。

さすがに手を出すのはまずいと思っているのか、２歩ほど離れた場所で足を止めていた。

「私たちは、講和を結びに来たんだよ！　土地も食べ物も貰えて、病人まで治してもらえるってのに、自分たちからふいにするわけがないだろ⁉」

「あなたがウズナさんかしら？」

ジルコニアに聞かれ、ウズナが頷く。

「ああ、そうだよ……おい！　やめろって！」

「ジルコニア様、凶器は見つかりませんでした」

「そ。ご苦労様」

ハベルがアロンドから離れる。

アロンドは顔を赤くして、ベルトを締めた。

表情を取り直し、再び頭を下げる。

「父の反逆の件、家を代表してお詫び申し上げます。大恩のあるイステール家を裏切り、長年にわたりバルベールに情報を渡していたこと、知らなかったとはいえ、止めることができずに申し訳ございませんでした」

「ノールさんの件は、本当に残念でした。しかも、アロンドさんまで消えてしまったので、てっきり寝返ったとばかり思っていましたよ」

「はい。私も、あえてそう勘ぐられるように動いたので……」

そう言うと、アロンドはバレッタに目を向けた。

ノートパソコンを業務用プロジェクタに接続しているところだ。

「ところで、説明をすると聞いてはいるのですが、何を準備しているのですか？」

「皆さんに見てもらいたいものがあって。講和後に、いったいどんな生活になるのかというのを、目で見てもらいたいんです」

「目で、とは？　説明書きがされた書類で、ということでしょうか？」

「ああ、それもありますね。これなんですけど」

一良《かずら》が荷馬車に向かい、A3サイズの紙束を取って来る。

写真が張り付けられた宣伝チラシだ。

「カズラさん、私が渡します」

「あ、はい」

アロンドに歩み寄ろうとする一良《かずら》をジルコニアが止め、チラシを受け取る。

彼のことを、まったく信用していないようだ。

「はい。皆に1枚ずつ配ってね」

「承知しま……え?」

チラシに目を落としたアロンドが固まる。

何を驚いているのかと、その両脇からウズナとゲルドンもチラシをのぞき込んだ。

一良《かずら》は、カイレンや議員たちにチラシを配る。

「……何だこれ? 絵が描いてあるの?」

「絵にしてはずいぶんと……ええい、暗くてよく見えんぞ」

「あら、ごめんなさい。これでどうかしら?」

ジルコニアがポケットからペンライトを取り出し、スイッチを入れた。

「うわ!?」

「うおっ!?」

突然の眩い光に、ウズナとゲルドンが驚いてのけ反る。

彼らの後ろにいた族長たちからも、驚きの声が上がった。

「ジ、ジルコニア様。それはいったい？」

アロンドが額に汗を浮かべて、ジルコニアの持つペンライトを見る。

ジルコニアはチラシを照らしながら、ニヤリと笑った。

「神様の道具よ。光の精霊の力が、この中に入ってるの」

「光の精霊……？」

「カズラ、準備できたよ」

吊り下げ式の大型スクリーンの設置を終え、リーゼが一良《かずら》に駆け寄る。

バレッタもノートパソコンの用意を済ませ、頷いた。

「ご苦労さん。それじゃあ、始めるか」

一良《かずら》がレーザーポインターを取り出し、スクリーンの横に移動する。

「皆さん、その場に座って、こちらにご注目を。バレッタさん、始めてください」

「はい」

カイレンや議員たちが、地面に腰を下ろす。

ゲルドンたちも、困惑しながらも腰を下ろした。

バレッタがポータブル電源を起動し、簡易テーブルに置かれた業務用プロジェクタに手を伸ばした。

ノートパソコンを操作し、動画の再生を始める。

スクリーンに光の筋が伸び、スクリーンの傍に置かれたスピーカーから軽やかな音楽が流れる。

真っ暗だったスクリーンに、「講和後の新生活」というタイトルが表示された。

続けて、画面に9つの動画が、それぞれのタイトルとともに表示された。

「「……は？」」

ゲルドンとウズナがスクリーンを見つめたまま、同時に唖然とした声を漏らす。

他の族長たちはポカンとした顔をしており、議員たちは「おお……」と声を上げた。

「講和後、部族の皆さんの生活がどう変わるのかをまとめましたので、説明させていただきます。リーゼ、よろしくな」

「うん」

レーザーポインターをリーゼに渡し、一良《かずら》はカイレンの隣に腰を下ろした。

「司会進行は、私、リーゼ・イステールが務めさせていただきます。まずは、今皆様がご覧になっている、この情景について。これは、我が国に降臨した神、グレイシオール様によって授けられたもので――」

アルカディアに実際に神が降臨したという説明から、リーゼが話し始める。

アロンドを含め、部族の者たちは、驚きすぎて言葉もないといった様子だ。

「カイレンさん、部族側であった暗殺未遂についてなんですけど」

一良《かずら》がスクリーンに目を向けながら、小声でカイレンに話す。

「どういういきさつなのかは、聞いてたりします？」

「はい。といっても、あまり細かくは知らないのですが……」

カイレンが事の顛末を、要約して話す。

アロンドが持ち帰った講和条件を元に開かれた族長同士の会合にて、穏健派の筆頭である族長のゲルドンは、これ以上の戦闘は不要であると強く主張した。

それに対し、バーラルを攻撃すべきだと主張する強硬派の族長たちが、ゲルドンを「バルベールに懐柔された腑抜け」と罵倒した。

あわや乱闘騒ぎになりそうなところ、どっちつかずだった族長の数人が仲裁し、どうにかその場は収まった。

ところが、その日の夜に、強硬派の族長たちはゲルドンを含めた穏健派の族長たちに暗殺を仕掛けた。

しかし、事前にそれを予見していたゲルドンたちは兵を忍ばせており、すべての強硬派の族長たちが捕らえられた。

それらの族長たちは殺されてはおらず、現在は縛られた状態で軟禁状態にある。

その後、残った族長たちの推薦で、現在はすべての部族をゲルドンが統括することになっている。

「――と、聞いております」

「なるほど。穏健派の人たち、よく暗殺を防げましたね」

「はい。その後のことも、少々できすぎなのではと思えるくらいで」

「……それって、一連の事件自体が、ゲルドンさんによって計画されたもの、ということですか?」

「かもしれません。直前まで街を強襲しようとしていたというのに、穏健派の勢力がここまで大きくなっているのは不自然かなと」

「なるほど……」

カイレンの言うとおり、ずいぶんと事が上手く進んだものだと一良《かずら》も頷いた。

もし部族と全面戦争になっていたら、双方ともに途方もない被害が出ていたことだろう。

その場合、一良《かずら》たちのブラフがバレてしまうことにも繋がるので、その後はもっと面倒なことになっていたに違いない。

とはいえ、上手くいったのは事実なので、今さら真相を暴く必要もない。

「カズラ様、カズラ様!」

カイレンとこそこそ話していると、フィレクシアがやって来た。

すとん、とカイレンの隣に座り、にっ、と笑顔を向ける。

「すごいですね！　本当にすごいのですよ！　あれは、別の世界で行われていた出来事なのですか？」

フィレクシアがスクリーンを指差す。

今流れている映像は、巨大な水道橋が建設されているシーンだ。

数年の月日がかかる工事の工程が早送りで流れ、あれよあれよという間に建造が進んで行く。

山から延々と延びた石造りの水道橋が、巨大な都市に繋がった。

街なかのシーンに移り、一般家庭の台所に水道が設置され、女性がレバーを捻ると蛇口から水が出始める。

水道管の構造も透過された立体映像で説明され、途中に設置された蜂の巣状のゴミ受けや、高低差を利用した噴水の構造説明がスラスラと流れた。

時折動画を一時停止させながら、リーゼがレーザーポインターで映像を指して説明をする。

ゲルドンやアロンドたちは呆然と映像を見続けており、誰も口を開かない。

議員たちは先日の動画で耐性が付いているのか、付近の者たちとあれこれ話しながら映像を見ている。

「ええ、そうですよ。見事なものでしょう？」

「はい！　それに、まるで時間が早回しされているように見れるのがすごいです！　建造物の中身も透けて見えて、すごく分かりやすいですね！」

「カズラ様、あれらの建造技術を、我が国にも教えていただけるのですか？」

映像を見つめながら聞くカイレンに、一良《かずら》はすぐに頷いた。

「はい。大掛かりな工事が必要になるものが多いですが、この世界の技術でも十分作ることが可能なものばかりです。それに、部族の人たちの働き口にもなりますしね」

「そんなところまで気にかけていただけるとは、ありがとうございます」

「経済を活性化させないと、治安の悪化につながりますからね。せっかく休戦したのに、そんなことで火種が起きるのなんてごめんですから」

「ううう、今からすごく楽しみなのです！　あ！　部族の人たちとの折衝が終わったら、私をイステール領に連れて行ってもらえるのでしょうか？　いろいろと見て回りたいのですよ！」

「カイレンさんの許しがあれば、俺は別に構いませんよ」

一良《かずら》が言うと、フィレクシアが期待を込めた目でカイレンを見た。

カイレンは軽く笑い、「分かった、分かった」とフィレクシアの頭を撫でる。

ラースはそんな彼らの様子を横目で見ながら、はあ、とため息をついた。

「ったく、つい何日か前までは殺し合いをしてたってのに、よくあんなふうに仲良くできるな」

「兄上、仕方のないことですよ。我々は完全に、彼らに命を握られているんですから」

ラッカがなだめると、ラースは「ちっ」、と舌打ちをした。

「だけどよ、俺はどうしても納得がいかねえ。どうせこんな真似をするなら、最初っからやっとけってんだよ。そうすりゃあ、アーシャは死なずに済んだ」

「彼らにも事情があるのでしょう。お願いですから、カズラ様やジルコニアに突っかかるような真似だけはしないでくださいよ？」

「おっかなくて、そんなことできねえよ。地獄送りにされたら、たまんねえし」

ラースたちは、港湾都市ラキールに向かったセイデンと無線で話した際、天国と地獄があるらしい、という話を聞いていた。

その時はセイデンと一緒にいたグリセア村の村人が慌てて止めたため、その一言しか聞いていない。

しかし、今まで信じがたいものばかりを目にしてきたラースたちにとっては、信じざるを得ないといった状態だった。

ちなみに、ラースたちとその場にいたアルカディア兵もそれを聞き、ぎょっとした顔になっていた。

「そう思うのなら、カズラ様への態度をどうにかしてください。先ほどのは、無礼にもほどがありますよ」

「悪かったよ。あんまりにも理不尽で、頭の整理がついてねえんだ。これからは気を付ける」

「ジルコニアにも、絶対に手出しはしないでくださいね。カズラ様とかなり仲がいいようですし、彼女に何かしたらカズラ様は激怒しますよ」

「しねえって。それに、あの女が素手で俺が完全武装だとしても、負ける姿しか想像できねえ。同じ人間とは思えねえよ」

少し離れた場所に座っているジルコニアを、ラースが見やる。

彼女はティティスと何やら話しており、和やかな雰囲気だ。

「兄上も、ティティスさんを見倣うべきです。彼女は兄上以上に、アーシャさんと仲がよかったんですよ？」

「……ああ。結果的にクソみたいな連中の始末も済んだし、余計な揉め事は起こさねえよ」

それに、とラースが続ける。

「ヴォラス派を始末した件、神様連中にはバレてるってカイレンが言ってたしな。どういうわけか、何をしてもあいつらにはお見通しみたいだしな」

先日の、上映会の最中にマリーが乱入してきた時のことをラースが思い返す。

あの時マリーは、「今回の『あなたが』やらかしたことは、特別に大目に見ておいてあげる」と言っていた。

カイレンたちが策謀して、兵士もろとも議員たちをアルカディア軍に狙撃させたことがバレていると考えて間違いない。

どういう方法かは分からないが、何を企んでも神様たちには筒抜けになる、というのがカイレンたちの結論だった。

実のところ、バレッタの推測と策略で、そう思い込まされているだけなのだが。

「――以上が、皆様に提供される技術です。必要に応じて、他の技術が提供されるかもしれません」

そうしている間にも、リーゼの進行で説明会は続く。

「続いて、食生活の変化について、ご覧いただきます」

リーゼが言うと、アルカディア兵たちが小さな布袋を皆に配り始めた。

ラッカとラースもそれを受け取り、いぶかしみながらも袋を開く。

中には、ドライフルーツがぎっしりと入っていた。

たくさんの種類の色鮮やかなそれに、ラッカが「へえ」と声を漏らす。

「ただ見ているだけというのもつまらないので、摘まみながらごらんください。グレイシオール様に教えていただいた特殊な加工法で、半日で製造したドライフルーツです」

その説明に、議員たちから喜びの声が上がる。

彼らはさっそく食べ始め、これ見よがしに「美味い！」「さすがはグレイシオール様が手がけた品だ！」と大声で騒ぎ立てた。

議員たちは皆、どうにかして一良《かずら》の印象を良くしようと必死である。

部族の者たちは動画に驚きすぎてそれどころではなく、ドライフルーツを口にしてはいるものの、呆然とした顔のままだ。

そうして説明会は進み、すべての動画の上映が終わった。

「以上となります。続きまして、バルベールから、部族の皆様に割譲する地域の説明をしていただきます。カイレン執政官、よろしくお願いします」

「承知しました」

カイレンが立ち上がり、バレッタに歩み寄る。

持っていた筒から地図が描かれた紙を取り出して渡し、バレッタはそれをプロジェクタ上部のガラス面にセットした。

スクリーンに地図が映し出され、カイレンが「おー」と声を漏らす。

「カイレンです。ただいまより、皆様へ割譲する地域と、その後の移転方法案を説明いたします」

「カイレン執政官、これをどうぞ。ボタンを押すと、光が出ますから。人の目に当たらないように注意してくださいね」

「あ、どうも」

カイレンがリーゼからレーザーポインターを受け取り、ボタンを押してレーザーを出した。

瞬時に現れた赤い点をクリクリと動かし、「おー」と再び声を漏らす。

少し楽しそうだ。

「カイレン様、説明！　説明！」

レーザーポインターで遊んでいるカイレンを、フィレクシアがせっつく。

「おっと、そうだな。では——」

そうして、驚きすぎて頭が追い付かないゲルドンたちに、カイレンはつらつらと説明を行うのだった。


数分後。

すべての説明を終え、カイレンはゲルドンたちに目を向けた。

空は薄っすらと白んでおり、夜が明けたようだ。

「以上となります。ゲルドン殿、何かご質問はありますか？」

「あ？　あ、ああ。ええとだな……」

ゲルドンが額に脂汗を浮かせ、カイレンとスクリーンを交互に見る。

スクリーンには地図が表示されたままだ。

それを見て、一良《かずら》は傍に控えているアイザックに目を向けた。

「アイザックさん、アレを皆さんに配ってください」

「はっ！」

アイザックが荷馬車に走り、紙袋を取って戻って来る。

包装紙に包まれた手のひらサイズの物を取り出し、ゲルドンたちに1つずつ配り始めた。

「こちらは、我が国の神々から皆様への、信頼と友好の印です。お納《おさ》めください」

「む、何だこれは？」

「神の国で作られたコップです」

「む。この紙はずいぶんと――」

ゲルドンがいぶかしみながら包装紙を解こうとすると、先に中身を取り出したウズナが「わっ⁉」と驚いた声を上げた。

「ちょっ、な、何これ⁉」

「うおっ⁉」

ウズナが持つ虹色に輝くオパールグラスに、2人が仰天する。

議員たちもそれらを受け取っていて、すごいすごいと大騒ぎだ。

アロンドも1つ受け取っていて、額に汗を浮かべてそれを見つめている。

「……ゲルドン、もういいだろ。族長たちを呼ばないと」

「あ、ああ。そうだな」

ウズナに言われ、ゲルドンが立ち上がる。

自軍へと目を向けて口に指を当て、ピー、と指笛を吹いた。

こちらを窺っている者たちの1人が、ボロ布を付けた旗を大きく振った。

「ゲルドン殿?」

いぶかしんだ目を向けるカイレンに、ゲルドンが強張った顔を向ける。

「いや、申し訳ない。ここにいる奴らは族長たちの代役でな」

「そうでしたか。では、信用いただけたということでよろしいですね?」

「うむ……すまんが、彼らにも、もう一度説明してやってくれないか」

ゲルドンたちはこの説明会が罠であった時に備えて、他の族長たちは陣地に残してきていた。策に嵌って自分を含めた族長が全滅することを避けるため、まずは自分たちだけで様子を見たのだ。

渡されたコップはどう考えても国宝級の物であり、罠に嵌めるつもりならばそのようなものを持ってきたりはしないと判断したのである。

神が降臨したという点については、いまだに半信半疑だ。

「では、それはまた後ほど。とりあえずは、講和内容は問題ありませんか?」

「ああ。土地もそうだが、まさかこんなものまで渡してくるとはな……お前たちが講和に本気だということは、よく分かったよ」

そこに、部族陣地から本物の族長たちが、護衛の兵士を伴ってラタで到着した。

族長たちは皆が高齢だが、筋骨隆々でいかにも歴戦の猛者といった出で立ちだ。

「やれやれ、罠ではなくてホッとしたぞ。土地の割譲は確定ということでいいんだな？」

「ほれ見たことか。医者やら使用人やらを千人単位で送ってきておいて、そいつらを見殺しにしてまで罠に嵌めるはずなどないと言っただろうが」

「アロンドの言うことは、本当によく当たるな……ん？　ゲルドン、それは何だ？」

族長たちは口々に言うと、固まっているゲルドンへと歩み寄った。

そして、彼が手にしているコップを見て、目を丸くする。

「お、おい！　それは黒曜石のコップか⁉」

「虹色に輝いているぞ……」

驚く族長たちに、身代わりとしてやって来ていた偽の族長たちがコップを渡す。

「アルカディアの神々から我らへの、信頼と友好の証だそうです」

「神々……？」

「リーゼ殿といったか。その『神』とやらに直接会わせてもらえれば、手っ取り早いのだがな」

ゲルドンが言うと、リーゼは少し困り顔になった。

「すぐに、というのは難しいですね」

「なぜだ。我らと友好を結ぶというのなら、ダメだという理由はないだろう？」

「神との面会は、これから皆様と同じ時を過ごし、真の友となれた後にさせていただきます」

「いや、しかしだな……」

「また、もしも皆様が、我々の信頼を裏切るような真似をした場合には――」

リーゼが言った次の瞬間、耳をつんざくような爆発音が辺りに響き渡った。

空気がビリビリと震えるほどの轟音に皆が驚愕し、音の方向へと目を向ける。

燃え盛る木片が地上十数メートルにわたってはじけ飛び、バラバラと四方へ撒き散らされていた。

真っ赤な紅蓮の炎が数十メートルもの範囲で燃え盛り、巨大などす黒い煙が空に昇っていく。

あらかじめ用意しておいた大量の木材にガソリンをかけ、その下にはガソリンを入れた木箱を仕込んでおいたのだ。

ガソリンタンクではなく木箱にガソリンを入れたのは、バレッタが「せっかくですから、思いっきり大きな爆発を起こしましょう」、と提案したからだ。

最大効率で爆発が起こるように、空気と気化したガソリンの割合が15対1になるように計算し、巨大な木箱を用意してガソリンを入れさせたのである。

その上に大量の木材を載せ、さらにこれでもかとガソリンをかけておいたのだ。

無線で会話を聞いていたエイラたちがタイミングに合わせて火矢で点火した結果、途方もない大爆発が起こったのだった。

「このようなかたちで、街ごと吹き飛ばさせていただきます」

想像以上の爆発音にリーゼは心臓をバクバクさせながらも、涼やかな笑顔でゲルドンたちに言い放つ。

彼らだけでなく、カイレンや議員たち、そしてナルソンやルグロまでもが、そのすさまじい爆発に戦慄していた。

続けざまにリーゼは「具体的にはこのようなかたちで」、とカイレンたちにも見せた航空機による戦闘映像も再生させた。

ゲルドンたちは言葉もなく、口を半開きにしてそれを見つめる。

「カ、カズラ様。今のは、空飛ぶ乗り物を使った攻撃でしょうか？」

カイレンが小声で一良《かずら》に聞く。

「いえ、今のは違います。航空機はまだこっちには持ってきていないので、地上に仕掛けたものを爆発させただけですね」

「そうでしたか……」

もしもあれを自分たちに使われていたらと思い、カイレンは冷や汗をかいた。

今見た爆発の威力はカノン砲や火炎弾どころの話ではなく、3、4個中隊がまとめて消し飛びかねないほどのものだ。

以前、動画で航空機攻撃で異種族が吹き飛ばされる映像は見ていたが、実際に目にした爆発は想像以上の迫力だった。

今までの戦いも相当手加減されていたのだと、カイレンは改めて納得した。

戦闘映像が終わり、リーゼがゲルドンたちを見やる。

「以上ですべての説明は終了となります。お疲れ様でした」

ぺこりと頭を下げ、リーゼが一良《かずら》の隣に来て腰を下ろす。

入れ替わりにエイヴァーが立ち上がり、ゲルドンたちに目を向けた。

「で、では、特にご質問がなければ講和文書への調印に移りたいと思います。ゲルドン殿、よろしいですか？」

先ほどの爆発にエイヴァーはかなり動揺しているのか、声が震えている。

「う、うむ。そうしよう」

「ゲルドン、皆が……」

ウズナが自軍へと目を向ける。

先ほどの爆発で部族陣営は大騒ぎになっており、武器を手にしてこちらに駆け出す者が出始めていた。

ゲルドンが、慌てて立ち上がる。

「こりゃいかん！　すぐに止めねば！」

「ゲルドン様、こちらをお使いください」

バレッタが拡声器をゲルドンに差し出す。

「ここを押しながら話すと、大きな声が出ます。こんなふうに」

バレッタが「あー、あー」と声を出すと、増幅された声が拡声器から響いた。

もうわけの分からないことの連続でいちいち驚いていられないと、ゲルドンはすぐに拡声器を受け取ると口に当てた。


数十分後。

朝日の照らす平原で、各国の代表者による署名がされた講和合意書を、ルグロが読み上げていた。

合意書はまったく同じものが3部作られており、バルベール、部族軍、そして同盟国を代表してアルカディアが保有することになっていた。

クレイラッツからはすべての権限をアルカディアが委任されているが、エルタイルとプロティアには事後報告することになっている。

2カ国は今まで日和見を続けて一切の戦闘に参加していないのだから何も文句は言わせない、とナルソンは言っていた。

「――以上の内容は、本日ただ今より効力を発揮するものとする。戦争は終わりだ」

ルグロがすっきりした顔で宣言する。

お手伝い係として2人だけいるアルカディア兵が歓声を上げ、一良《かずら》たちや議員たちはパチパ

チと拍手をした。

ほぼ主だった者たちしかこの場にはいないとはいえ、長年にわたる戦争が終結したにしては、何とも静かなものである。

「んじゃ、俺らは国に帰るわ。カイレン執政官、エイヴァー執政官。後はよろしくな」

スタスタとラタへと向かうルグロに、カイレンたちがぎょっとした顔になる。

「えっ!? そ、そんな!?」

「ルグロ殿下、お待ちください！」

エイヴァーとカイレンが、ルグロに駆け寄る。

「そんなに急いでお帰りにならなくても。何日か、ご滞在いただけませんでしょうか？」

「そうですよ。それに、戦争終結の祝賀会を催しますので、ぜひご参加ください」

「いや、早く嫁さんと子供らに会いたいんだよ。俺は帰る」

「「ええ……」」

カイレンとエイヴァーが、そろって困り顔になる。

「ねえ、ルグロ。せめて、今日のところは泊まっていこうよ。皆、徹夜明けなんだし」

「うむ……正直なところ、体力の限界ですな」

一良《かずら》とナルソンが疲れた顔で言う。

「ああ、それもそうか。じゃあ、今日一日だけ泊まっていこう」

ルグロが答えると、皆が一様にほっとした顔になった。

リーゼやバレッタも目の下にクマができており、眠くてたまらないのだ。

「でも、祝賀会ってのは勘弁してくれ。さすがにもう、疲れちまったよ」

「で、ですが、友好を深めるためにもぜひお願いしたく……」

「ルグロ殿下、どうかお考え直しを」

「貴国との同盟を祝すものですので、ぜひ」

エイヴァーに続き、議員たちがルグロに懇願する。

「でもなぁ。それをやるなら、クレイラッツとか、エルタイルやプロティアの連中も一緒にじゃないと角が立つぜ？　今すぐやるのは、まずいんじゃねえの？」

もっともな意見を出すルグロに、リーゼが驚いた顔になった。

意外だ、と顔に出ている。

「ルグロ殿下のおっしゃるとおりです。祝賀会は、また別の日にしましょう」

ナルソンの意見に、エイヴァーとカイレンが、仕方がないか、といった顔で頷く。

「承知しました。では、また日を改めてということで」

カイレンがゲルドンに目を向ける。

「ゲルドン殿。そういうわけですので、本日はこれにて解散ということでよろしいでしょうか？」

「ああ、分かった。こっちは勝手に大騒ぎすると思うが、気にしないでくれ」

「アロンド」

ジルコニアが、いまだに呆けた顔をしているアロンドに声をかける。

アロンドは、ビクッ、と肩を跳ねさせた。

どういうわけか、慌ててアルカディア陣営全員の顔をチラチラと見る。

一瞬、その視線が一良《かずら》と交わり、アロンドはすぐにジルコニアに目を戻した。

「あなたは、こっちにいらっしゃい。いろいろと聞かせてもらいたいから」

「……承知しました」

「お、おい！　そのままアロンドを返さないつもりじゃないだろうね⁉」

焦り顔で言うウズナに、ジルコニアは不思議そうに小首を傾げた。

「返すも何も、元々こっちの人間なんだけど？」

「なっ、そのまま連れて帰るつもりなの⁉」

「それはそうよ。コレが何も言わずに姿をくらませたせいで、しなくてもいい心配をこれでもかってくらいさせられたんだから。今までのことを、全部聞かせてもらわないとね」

「それに、相応の処分は必要ですね。我が国の機密を持ち逃げしたのですから」

ジルコニアに続いて、リーゼが真顔で言う。

「ふざけんな！　アロンドのおかげで、この戦争は終わったようなものじゃないか！　どうしてそんな話になるんだよ！」

「……ウズナさん。ジルコニア様たちの言うことはもっともだよ」

アロンドが疲れた顔で、静かに言う。

「俺のやったことは、とうてい許されることじゃない。いくら国のために命を張ったとはいえ、罰は受けなくてはならない。結果がどうとか、そういう話じゃないんだよ」

──うっわ、コイツ……本っ当にコイツは……。

アロンドの語り口に、リーゼが感心半分軽蔑半分といった顔になる。

ジルコニアたちは気づいていないようだが、リーゼはアロンドが一良《かずら》をアテにしていることを直感していた。

リーゼはすぐさま、アロンドから見えないように、すっと一良《かずら》の斜め後ろに下がった。

どうしたのかと振り向きかける一良《かずら》の背に顔を寄せ、口を開く。

「振り向かないで聞いて。今から30秒だけ、何も言わないで」

一良《かずら》は不思議に思いながらも、素直に従う。

頭の中で、1、2、と数を数える。

「で、でも！」

「分かってくれ。俺は、それだけのことをしてしまったんだ。この命をもって、償いをしなければならない」

「アロンド……そんな……」

ウズナがつらそうにうつむく。

「「「……」」」

彼ら以外誰も口を開かず、沈黙が流れる。

皆の視線はアロンドに集中しており、10秒、15秒と時間が流れる。

平静を装っていたアロンドだったが、徐々に額に汗が浮かんできた。

「……え、ええと、ウズナさん。その件についてなのですが」

きっかり30秒数え終えてから、一良《かずら》が口を開く。

ぱっと、アロンドが一良《かずら》に顔を向けた。

「アロンドさんは法を犯すことをしたとはいえ、今回ばかりは事情が事情なので。極刑とか、そういうことにはならないようにしますから、安心してください」

「カズラ様……！」

アロンドが心底ほっとした顔で、一良《かずら》を見つめる。

——そういうことか。うーん……。

リーゼの意図が分かり、一良《かずら》が内心頷く。

こんなふうにアロンドは一良《かずら》のことを利用しようとするんだぞ、とリーゼは教えたかったのだ。

この場にはアロンドを嫌っている者たちだらけなので、自分をアテにするのは仕方がないのでは、と一良《かずら》は感じたのだが。

とりあえずは、自分はアメ役になるべきだということは理解できた。

ウズナと仲のいいアロンドに寛大な対応をすれば、部族側の心証も良くなるだろう。

ジルコニアが、やれやれとため息をつく。

「カズラさん、そういうことを軽々しく約束しないでください。アロンドのしたことは、本来ならば『石潰し刑（横長に加工した石を足の先から1つずつ載せて体を少しずつ潰していく刑罰）』になるほどのことなんですよ？」

「そうは言いますけど、アロンドさんのおかげで戦争が終わったというのは確かですし。よく話を聞いてから決めることにしましょうよ」

「そうそう、それがいいって。おい、アロンド」

ルグロがアロンドに、にっと笑う。

「これからは、お互い嘘は無しだぜ？　まあ、おっかなくって嘘なんてつけなくなるだろうけどな！」

「もちろんです。金輪際、嘘はつきません」

アロンドが笑顔で頷く。

おっかなくって、のくだりの意味が分からなかったが、今はそんなことを聞ける状況ではない。

「んじゃ、解散ってことで。またな！」

ルグロがゲルドンたちににこやかに手を振り、ラタへと向かう。

そうして、その場はお開きとなったのだった。


「カズラさん、起きてください」

「んぁ……」

街なかの高級宿屋で爆睡していた一良《かずら》は、肩を揺すられて目を覚ました。

まどろみつつ目を開くと、ベッドに腰掛けているバレッタと目が合った。

おはようございます、とバレッタが微笑む。

傍らには、一良《かずら》の着替えが置いてあった。

「そろそろ夕食ですよ」

「もうそんな時間ですか。ああ、体中が痛ぇ……」

一良《かずら》が身を起こし、ぐっと背伸びをする。

「ん？ 何だか、外が騒がしいですね」

一良《かずら》が目を擦りながら、閉じている窓へと目を向ける。

外からはざわざわと喧騒が響いており、笛や管楽器の音楽も聞こえてくる。

バレッタが、窓に歩み寄る。

「戦争終結の宣言が、元老院から出されたんです。それで、街中でお祝いするようにって指示が出されて」

そう言って、バレッタが両開きの窓を開く。

喧騒と音楽の音が、大きく室内に響いてきた。

「お祝いの指示？」

服を着替えながら、一良《かずら》が小首を傾げる。

「はい。バルベールは実質的には敗戦ですけど、市民には『平和的な終戦』って伝えたそうですよ。土地の割譲とか賠償金については、まだ伏せられているみたいです」

「へえ。市民たちの不満を和らげるためですかね？」

「だと思います。はっきりと敗戦って言っちゃうと、大勢が反発するでしょうから」

バルベールは今後、同盟国にすさまじい額の賠償金を払うことになっている。

割譲する領土も広く、部族に対する物資の提供は何年も続くだろう。

実質的にアルカディアの属国扱いになるだろうが、公にそれを発表すると、実際に戦火を味わっていない市民たちは納得しないはずだ。

今後のことも考えて、国民に不利な情報は小出しにするつもりのようである。

「なるほどなぁ。そういえば、アロンドさんは？」

「別室で、地獄の動画を見てもらっています。リーゼ様とジルコニア様が、どうしてもやるって言って」

「はは、そうですか。アロンドさん、今頃震え上がってるんじゃないですかね？」

「たぶん。まだやってると思いますけど、行きますか？」

「うん。ついでに、俺のことも話して、少し脅しておきましょうかね」

一良《かずら》が言うと、バレッタは少し意外そうな顔になった。

「どうしました？」

「その……カズラさんなら、もっと彼を庇うかなって思って」

「いやぁ、さすがにここまで皆が警戒してたらねぇ……。皆が安心できるようには、しておくべきですよね」

「はい。やっとこれで安心できます。行きましょう！」

着替え終わった一良《かずら》の手を取り、バレッタは扉へと向かうのだった。

第6章　赦しの一撃

アロンドが動画を見せられているという部屋の前に一良《かずら》たちがやって来ると、アイザックが扉の前で見張りをしていた。

「カズラ様、おはようございます。よく眠れましたか？」

「おはようございます。もう爆睡ですよ。目を閉じた瞬間眠っちゃいました。アロンドさんは中に？」

「はい。ジルコニア様たちが尋問しています。どうぞ」

アイザックが扉を開き、2人が中に入る。

室内は真っ暗で、巻き上げ式スクリーンには地獄の動画が一時停止されていた。

シーンは、グレゴルン領の徴税官のデュクス氏（故）が、怪物に頭と胴体を引っ張られているところだ。

ちょうど首が千切れかかる寸前といったところで停止されていた。

額に脂汗を浮かべたアロンドが、一良《かずら》に顔を向ける。

表情が引きつっており、会釈する余裕すらないようだ。

「あ、カズラ。おはよ！」

「カズラさん、おはようございます」

リーゼとジルコニアがにこやかに、一良《かずら》に手を振る。

2人とも私服姿だ。

部屋にはルグロとナルソンもいて、同じように一良《かずら》に挨拶した。

マリーとハベルも部屋の隅に立っていて、一良《かずら》に頭を下げた。

「おはよう。どこまで説明した?」

「天国と地獄の説明と、悪いことしたり神様に不敬を働くと酷いことになるよって話したところだよ。今映ってるのは、巻き戻したところ」

「そっか。アロンドさんに質問はまだ?」

「うん、これからするところ」

一良《かずら》は頷くと、置いてあったイスを持ってアロンドの隣に置いた。

すとん、と腰を掛け、アロンドに笑顔を向ける。

「いきなり変な物見せちゃってすみません。驚いたでしょう?」

「は、はい……もう、何が何やら……」

いつもの彼らしからぬオドオドした態度で、アロンドが頷く。

「ですよねぇ。あ、まだ聞いていないと思うんですけど、実は俺、グレイシオールなんですよ」

「……えっ」

突然の告白に、アロンドがぎょっとした顔になる。

一良《かずら》は気にせず、スクリーンに目を向けた。

「アルカディアが危機的状況に陥っているのを知って、居ても立ってもいられなくて。あまり手を出しすぎないようには気を付けていたんですけど、結局大掛かりに支援することになっちゃいました」

「は、はあ」

スラスラと話す一良《かずら》に、アロンドは理解できているんだかいないんだかといった顔で頷く。

リーゼとジルコニアはそれが面白くてたまらないようで、笑いをかみ殺していた。

一良《かずら》はもう何度も繰り返してきた演技なので、慣れたものである。

「イステリアでは、アロンドさんにはいろいろと手伝ってもらって、本当に助かりました。すごく信頼していましたし、アロンドさんに任せておけば大丈夫だって安心していたんです。なので……」

一良《かずら》は険しい表情で、アロンドを見た。

「いきなり姿をくらました時は、愕然としました。まさか、我々を裏切るなんて、と」

「い、いえ！　私は裏切っておりません！　すべては、祖国のために行ったことなのです！」

アロンドが慌てて否定する。

一良《かずら》は表情を変えず、はい、と頷いた。

「分かっています。ウズナさんと話していた時も、そう言っていましたし」

「は、はい！　祖先の名に誓って、私は――」

「文官のカズラとしてではなく、グレイシオールとして質問します」

アロンドの言葉をさえぎり、静かな口調で一良《かずら》が言う。

「質問に対して嘘をついた場合、私の権限で、アロンドさんを死後にあそこに送らせてもらいます」

一良《かずら》が、デュクス氏が引き千切られかかっている映像を指差す。

ルグロが「なんだよ……」と小声で漏らす。

やっぱりあの世での処遇の権限があるんじゃないか、と一良《かずら》がしらばっくれていたことを内心怒っているのだ。

そんなルグロを、ナルソンが「きっと彼だけ特別ですよ」となだめている。

彼らの背後に立っているマリーは、真剣な表情で一良《かずら》たちを見つめていた。

「アロンドさん。あなたがバルベールに亡命したのは、いずれ負けるであろうアルカディアを見限ったからですか？」

「いいえ。私は祖国のため、そしてルーソン家の名誉のために、バルベールに渡りました」

アロンドはそれまでのオドオドした表情から一転、真剣な表情で力強く言い切った。

リーゼとジルコニアが、驚いた顔になる。

「理由を聞かせてもらえますか?」

「……私は、自分の家柄に、血筋に誇りを持っています。100年以上前に祖先がイステール家に取り立てていただいてから、一族はイステール家のため、領民のために力を尽くしてきました」

アロンドが、握り締めている自分の手に目を落とす。

「文官としてイステール領の繁栄に全力を注ぎ、その見返りとして多額の恩賞と地位をいただいてきました。我が一族を重用し、重要な地位に就けてくださったイステール家には、言葉に尽くせないほどのご恩があります。イステール家に対して、我が一族はすべてを捧げて尽くす義務があると考えています」

しんと静まり返った室内に、アロンドの声だけが響く。

ジルコニアとリーゼ、そしてバレッタも、真剣な顔で聞き入っていた。

「それにもかかわらず、父のノールは、イステール家を裏切ってバルベールに寝返りました。祖先の偉業を台無しにし、家名に永遠に消えることのない汚名を着せたのです。私には、そんな父に従うことなど、とうていできませんでした」

「つまり、一族の名誉のために、今までのことをしてきたと?」

「はい。私にとって、一族の名誉は命よりも重いのです」

アロンドが顔を上げ、一良《かずら》を見る。

「父が何年も前からバルベールに寝返っていたと知った時は、心底失望しました。ですが、あの時にイステール家にすべてを報告したとしても、我が一族は取り潰されることは確実でした。ならば、汚名を返上できるほどの事を成してやろうと、一計を案じたのです」

「……一族の名誉のために、命を賭けたというのか」

ナルソンがつぶやく。

ルグロは感銘を受けたのか、キラキラとした目でアロンドを見ていた。

一良《かずら》は表情を変えず、頷いた。

「なるほど。では、講じた策が間に合わずに、バルベールがアルカディアを圧倒して滅ぼすことになっていたら、どうしましたか？」

「そうですね……」

アロンドが少し考える。

「きっと、そのままバルベールでの地位を確立させ、その後で国に不満を持つ者を少しずつ探し出して各地で内乱を起こさせたと思います。国を瓦解させれば、イステール家の無念を晴らして少しは恩に報いることができると考えたかと。実際できるかは、分かりませんが」

「……それは、ルーソン家の名誉と、どう関係が？」

「アルカディアが滅びた時点で、我が一族はバルベールで永久に『裏切り者の一族』とそしられます。ですが、その国を潰してしまえば、汚名を返上できずとも消し去ることはできるので。一石二鳥というわけです」

「そうですか……分かりました」

一良《かずら》が表情を緩める。

本当に裏切るつもりはなかったと分かり、一良《かずら》は心底安堵した。

あの動画を見て、地獄行きを覚悟してまで嘘をつき通していたとしたらそれまでなのだが、そこは考えても仕方がない。

「それと、マリーさんのことなのですが」

一良《かずら》が、壁際に立つマリーに目を向ける。

マリーは、びくっ、と肩を跳ねさせた。

リスティルはこの場にはおらず、別室で休んでいる。

これは、マリーが「母には動画を見てもらいたくない」と願い出たからだ。

今後の人生を健やかに過ごすには、天国と地獄の存在の有無について考えないでいられたほうがいいだろうから、というのがマリーの考えだった。

「アロンドさんは、ずっとマリーさんにつらく当たっていたと聞いています。それも、日常的に暴力まで振るって。それは間違いありませんね？」

「……はい。バカなことをしたと、悔やんでおります」

「嘘じゃありませんね？　もしも、この場を凌ごうとして反省したフリをしているのなら、死後にバレることになりますよ？」

「嘘ではありません」

アロンドが言い切る。

「以前、ハベルにも言われましたが、あれはただの八つ当たりでした。本人にはどうすることもできないことなのに、酷いことをしてしまいました」

アロンドがマリーに目を向ける。

「マリーの母親のリスティルは、あれだけ酷い仕打ちをした私に、一言も恨み言を言いませんでした。バルベールに思惑をバラされて殺されるかもと思っていたのですが、それどころかずっと私に尽くしてくれました。そんな彼女の娘を、憎むことなどできません」

「ふむ。リスティルさんをバルベールに連れて行った理由を聞かせてもらえますか？　亡命途中にグレゴルン領で偶然会って連れて行ったと、リーゼから聞きましたが」

「いいえ、偶然ではありません。以前から彼女の所在は知っていたので、彼女の所有者にあらかじめ手を回しておき、不審に思われないように偶然を装って接触しました。彼女は、有用な駒になると思ったので」

さらりと答えるアロンドに、リーゼが「やっぱり」とつぶやく。

柔らかくなってきていたジルコニアとバレッタの表情が、再び険しくなった。

「駒……ですか？」

「はい。バルベールと部族側での工作を成功させた後、私はどうしてもアルカディアに戻りたかった。そこで目を付けたのが、カズラ様です」

「マリーちゃんを大事にしているカズラさんなら、リスティルさんを手土産に事情を話せば、自分を擁護してくれると考えたんですね？」

バレッタが口を挟む。

アロンドは彼女に目を向け、にこりと微笑んだ。

「うん、そのとおり。さすがだね」

「でも、納得できないことがあります」

バレッタが冷たい目で、アロンドを見る。

「あなたは、ずっと血筋に誇りを持っていたのでしょう？　なのに、リスティルさんが自分のために尽くしてくれたからといって、簡単に考えを改めたのはおかしくないですか？　ことあるごとに、マリーちゃんのことを殴っていたくらい、同じ血が流れていることを憎んでいたというのに」

バレッタが言うと、アロンドは「うん」と頷いた。

「ああ。つい最近まで、そう思っていたさ。でも、ゲルドン様のところで過ごしていて、思い直したんだよ」

「何が……あったのですか？」

マリーが口を開く。

皆、彼女が口を挟むとは思っていなかったので、驚いた目を向けた。

アロンドは気にした様子もなく、マリーに微笑んだ。

「ウズナさん……ゲルドン様の娘さんなんだけどさ、その娘の影響なんだ。彼女、ゲルドン様たちが襲撃した異民族の野営地から、赤ん坊の時に攫われてきたんだよ」

それでね、とアロンドが続ける。

「彼女、言ってたんだ。『血が繋がってるかなんて関係ない』ってさ」

部族の者たちとの生活を、アロンドがかいつまんで話す。

自分たちを追い詰める異民族の子供であるにもかかわらず、ゲルドンの娘として大切に育てられ、誰一人としてウズナを毛嫌いする者はいなかった。

皆が彼女を家族として扱い、しかも次期族長の妻になる者として敬っていた。

ウズナ自身も、自分が攫われてきた子供だということを知っているにもかかわらず、「今どうあるべきか」だけを考えて生きていた。

ハナから出自など気にしていない彼女たち、そして、あれだけ酷い扱いを受けていたにもかかわらず自分を信じてくれるリスティルを見ていたら、自分がマリーにしてきた行いが酷く馬鹿げたものに思えてしまった。

マリーを憎んでも、何も解決しない。

ならば、彼女の存在を受け入れて、そのうえでルーソン家の名誉を守る方法を考えるべきだと気づいたのだと語った。

「正直なところ、頭では納得できているはずなのに、心のどこかで奴隷の血が混ざることに対して不快感をいまだに感じている部分はあります」

アロンドがやるせない表情で語る。

「しかし、それは改めるべきだということも理解しています。これからはすべてを受け入れて、ルーソン家の再興に力を尽くしたいのです」

「ふーん……」

ジルコニアが立ち上がり、ノートパソコンへと向かう。

マウスを操作し、動画を再生させた。

デュクス氏の頭と胴体が怪物に引き千切られ、ぽい、と亡者の群れの中に放り込まれる。

「嘘をついたらコレだけど、大丈夫？　本心を言ってる？」

「だ、大丈夫です。本心ですので」

「ほんっとうに？　脅してるんじゃなくて、心配して言ってるのよ？　今ならまだ、正直に話せば死ぬ前に挽回できるかもしれない。本当の本当に大丈夫なのね？」

「はい、大丈夫です。ありがとうございます」

「そ。分かったわ」

ジルコニアが動画を止め、マリーを見る。

「って言ってるけど、マリーはどうするの？」

「えっ？」

話を振られると思っていなかったマリーが、きょとんとした顔になる。

「アロンドは、あなたと家族として、一緒にルーソン家を守っていきたいんですって。でも、それはあなたが許せばの話だと私は思ってる」

「……」

マリーが、アロンドに目を向ける。

アロンドはすぐさま、彼女に深々と頭を下げた。

「マリー。今までのこと、本当にすまなかった。謝って許されることじゃないとは分かっているが、どうか許してもらえないだろうか？」

「っ……」

頭を下げるアロンドに、マリーがたじろぐ。

その肩に、ハベルがそっと手を置いた。

「マリー、正直に言っていいんだ。兄上を許せないというのなら、それでいい。兄上をルーソン家から除名して、今後は俺たちとは赤の他人になってもらう。二度と会うことがないように、ジルコニア様に手配してもらうよ」

ハベルの言葉に、アロンドは頭を下げたまま、げっ、という顔になった。

今までマリーにしてきた仕打ちを考えれば、じゃあそれで、とマリーは答えるだろうからだ。

ジルコニアは勝手な発言をしたハベルに、呆れ顔になっている。

マリーの今までの功績に免じて、頼まれればそうするつもりではあるのだが。

すると、マリーはアロンドへと向かって歩き出した。

頭を下げ続けている彼の前で、立ち止まる。

「アロンド様、お顔を上げてください」

アロンドが恐る恐る、顔を上げる。

つらそうな表情のマリーと、目が合った。

「私が初めてアロンド様に頬を張られたのは、6歳の時でした」

「そう……だったか。本当にすまない」

「あの時の痛みは、今でも忘れません。口の中が裂けて、血が止まらなくて。床に零れたそれを、汚いと言ってさらにお腹を蹴飛ばされて」

「……」

アロンドの額に、みるみるうちに脂汗が浮かぶ。

マリーは目に涙を浮かべており、一良《かずら》たちは愕然とした顔になった。

小さな子供にそこまでの仕打ちをしていたとは、軽蔑に値する所業だ。

「それからも、ことあるごとに殴られて、どうしてこんなことをするんだろうって、どうすれば許してもらえるんだろうって、ずっと考えていました。そのうち、唯一庇ってくれていた母も、病気がちだからと売られてしまって、私は1人になってしまいました」

でも、とマリーが続ける。

「母と再会できたのは、アロンド様のおかげです。それには、心から感謝しています。それに、母はアロンド様のことを心から慕っています。だから……」

マリーが涙を浮かべたままにこりと微笑み、右手を大きく振りかぶる。

「これで、すべて許します」

「ぶっ⁉」

バチィン！　とアロンドの左頬に、マリーは平手打ちをした。

アロンドが座っていたイスから吹っ飛び、床に転げる。

「これからは、アロンド兄さんと呼ばせて……あ、あれ？」

床に倒れ伏したままピクリともしないアロンドに、マリーが怪訝な顔になる。

だが、アロンドの口から床に血が広がっていくのを見て、慌てた顔になった。

「えっ⁉　あ、アロンド様⁉　私、そんなに強くは……」

「お、おい。まさか、死んじまったんじゃねえだろうな？」

ルグロの言葉に、全員が慌ててアロンドに駆け寄る。

倒れ伏している彼の首に、ジルコニアが指を当てた。

続けて、両手で首と頭を掴んで少し動かす。

「……生きてるわ。首も折れてないし。はぁ」

なぜか残念そうに言うジルコニア。

全員から、安堵の吐息が漏れる。

純粋に彼の無事に安堵しているのはルグロ、一良《かずら》、マリーだけで、他の者たちは今後のゲルドンたちの心証を考えての安堵だ。

ジルコニアは立ち上がって、少し離れた場所で腰をかがめた。

何かを拾い、マリーに歩み寄る。

「はい。これ、アロンドの奥歯。綺麗に根元から抜けてるし、記念に首飾りにでもしたら？」

「えっ⁉　私、何てことを！　ど、どうしよう！」

「あの、兄上の顎が外れているように私には見えるのですが……」

明らかに位置がおかしくなっているアロンドの下顎を、ハベルが見つめる。

「あらほんと。顎なんて嵌めたことないんだけど、どうやるのかしら？　バレッタ、分かる？」

「分かりますけど、私は触りたくないです。お教えしますのでジルコニア様がやってください。

彼を座らせてから頭部を固定して、下顎臼歯部を親指で下方に強く押し下げながら――」

「えー。私だって嫌よ。口に指を突っ込むってことでしょ？」

ジルコニアがあからさまに嫌そうな顔をした時、扉が開いてアイザックが顔をのぞかせた。

「あの、すごい音がしましたが……うわ⁉」

口から血を流して倒れているアロンドを見て、アイザックが驚く。

「あ、ちょうどよかった。あなた、アロンドの顎を嵌めなさい」

「は、はあ」

状況がよく分からないまま、アイザックはアロンドに歩み寄るのだった。

転章

一夜明け、部族陣地には、バーラルから大量の荷馬車が送り込まれていた。

ゲルドンたち族長がそれらを必要分割り当てて、割譲された領地に向けて送り出す準備をしているところだ。

彼らが占領している街や村にはバルベール騎兵を同伴させた伝令が出されており、捕らえている兵士と市民は解放するように伝えることになっている。

ゲルドンの傍にはアロンドに付き従ってきた使用人たちと部族の兵士が数人おり、バルベールから送られてきた割譲地域の情報が書かれた書類に目を通していた。

「アロンド、いつになったら戻ってくるんだろ……」

地べたに座ってバーラルの防壁を眺めながら、ウズナがぼやく。

アロンドがジルコニアたちに連れていかれてからというもの、ずっとこの調子だ。

「そのうち戻って来る。まだ1日も経っていないじゃないか」

ゲルドンが呆れ顔で言うと、ウズナは不安そうに「うん」と頷いた。

「そんなに心配なら、迎えに行ったらどうだ？　早く夫を返せって、せっついてこい」

「なっ⁉」

顔を赤くするウズナに、ゲルドンが微笑む。

「あいつが戻ってきたら、さっさと婚姻の契りを結んでしまえ。族長を引き継ぐのには少し時間がかかるだろうが、奴なら大丈夫だろ」

「で、でも、あいつの気持ちも聞いてないし……」

「あれだけいちゃついていて、聞いてないも何もあるか。今さら結婚しないなどと言っても許さんぞ」

ゲルドンが言うと、周囲にいた兵士たちも「そうだ、そうだ」とはやし立てた。

ウズナはさらに顔を赤くして唸る。

「それにな、お前とアロンドが夫婦になるのは、我らにとってこの上なく有益なんだ。能力的にも、奴なら族長として申し分ないし、アルカディアとも血縁ができる。あいつらの神たちの心証も良くなるはずだ。そうだろう？」

「う、うん」

「よし！　では、割譲地域に移動する前に婚儀を済ませてしまおうか！　爺さんたちは、同盟国側の立会人ということでよろしく頼むぞ！　うはは！」

「しょ、承知しました」

勝手に話を進めてしまうゲルドンに、皆を代表してキルケが答える。

「キルケ様、いいんですか？　アロンド様は、おそらくそんな気はないかと……」

使用人の若者が、キルケに囁く。

「そんなことを言っても、頷くより仕方がないじゃないか……」

「そ、それはそうですけど……大丈夫かなぁ」

キルケたちが話している間にも、ゲルドンは周囲の者に婚儀に使う衣裳やら花やらを調達しに走らせる。

他の者たちも「よかった、よかった」と口々に喜んでいて、当の本人がいないところで結婚が決定してしまっていた。

「そうだ、せっかくだから、あそこにいるアルカディアの連中にも婚儀に顔を出すように頼んでみるか。爺さん、今から伝えに行ってきてくれ」

「えっ!?」

「あと、アルカディア式の婚儀をしたいというのなら、別日を設けてアルカディアの地でもう一度式をすると伝えてくれ。奴に親戚がいれば、その時に挨拶するとしよう」

「ええっ!?」

「ゲルドン様、他の族長たちにも急いで伝えなければ」

兵士の1人が、ゲルドンに進言する。

「あっ、そうか！　早くしないと出発してしまうぞ！　ウズナ、付いて来い！」

「う、うん！」

ゲルドンはウズナを連れて、走って行ってしまった。

兵士は微笑ましげにそれを見送り、キルケに顔を向けた。

「爺さん、ラタで送って行くよ。他の人らも来る……お、おい、どうした?」

アロンドの反応を想像して頭を抱えるキルケたちに、兵士は困惑するのだった。

番外編　最高級アルカディアン虫

　動物と人間の関係というのは不思議なもので、時に人は動物たちを親しい友人のように扱うことがある。

　食肉用や搾乳用の家畜であれ、癒しを得るためのペットであれ、言葉が通じないというのに、人はあれこれと話しかけることが多々あるものだ。

　大切な秘密を彼らだけに打ち明ける人も、世の中には多いのではないだろうか。

「……えっ？」

　部族軍との交渉に向けた準備のためにグリセア村に滞在中の、とある日の早朝。

　バリン邸の庭先で洗濯物を干していたジルコニアは、巨大ウリボウ、もとい、オルマシオールに驚愕の眼差しを向けていた。

　オルマシオールはジルコニアの隣にちょこんと座っていて、両手でシーツを干しているジルコニアを見つめている。

　座っていながらも、目線の高さはジルコニアと同じだ。

『あいつがお前を心配していたのだ。「そんなに好きなら、もっと積極的にいけばいいのに」、とな』

「パカパカが言ってたんですか？」

『うむ』

パカパカとは、軍での用事がある時にジルコニアが乗っているラタの名前だ。

ジルコニアがイステール家に嫁いでから2代目の雌のラタで、初代のラタはパカパカの父親である。

名前の由来は「歩く音がパカパカと聞こえるから」という、なんとも安直な理由だ。

初代のラタの名前も同じ理由で、ポクポクと呼んでいた。

『お前たち人間には「既成事実」というものがあるのだろう？　力はお前のほうが強いのだから、無理やりにでもまぐわってしまえばいいではないか。人間以外の生き物なら早い者勝ちだ。それに倣えばいい』

「あのですね、それをすると、その時は良くても人間関係が崩壊しますし、ぶっちゃけ嫌われる可能性のほうが高いような……そもそも犯罪なので、やっちゃダメなんですよ」

『そうなのか。何とも面倒くさいのだな』

オルマシオールが眉間に皺を寄せる。

ジルコニアは前から感じていたが、彼らウリボウというのはなかなかに表情が豊かだ。

ラタたちはそうでもないのだが、話しかければ時たま反応して声を上げたり舐めたりしてくれたので、ウリボウたちと同じように知能は高いのだろう。

『ラタたちの間でも噂になっているようでな。お前の娘も、積極的なんだか奥手なんだか分からんと、あいつのラタが言っていたぞ』

「まあ、あの子なりに悩むところがあるんですよ。というか、オルマシオール様、いつの間にラタたちと仲良くなっていたんですか？」

『ずっと怖がられ続けるというのも居心地が悪くてな。暇を見つけて、ティタニアと一緒に話しに行っていたんだ』

この世界最大最強の捕食動物であるウリボウは、すべての生き物の恐怖の的だ。

ラタたちなどは見ただけで恐慌状態に陥るほどなのに、話して打ち解けることができるというのはかなり意外だった。

それなのに世間話ができるほどの仲になったというのだから、オルマシオールたちはかなり頑張ったに違いない。

『しかしまあ、このままだとお前の勝機はかなり薄いように私には見えるがな』

「私はそれでも、別にいいですけどね。カズラさんの気持ちが一番大切ですから」

『それは敗北主義というものだぞ。少しは努力してみたらどうだ』

「努力と言ってもねぇ……」

困ったように苦笑するジルコニア。

そんな彼女に、オルマシオールは『そうだ』と声を上げた。

『男を落とすには胃袋を掴めというだろう？　食べ物で気を引くというのはどうだ？』

「う、う〜ん……料理の腕じゃエイラやバレッタには勝てませんし、厳しいような」

『いやいや、カズラの好みに合わせた食べ物を使うのだ。あいつは、アルカディアン虫が大好物なのだろう？』

「えっ、そうなんですか？」

驚くジルコニアに、オルマシオールが頷く。

『うむ。村の連中が、あいつにご馳走しようと探し回っているのを見た。その時に話していたから、間違いないぞ』

「なるほど……」

アルカディアン虫はさまざまな料理に使えるが、新鮮な生のものは極上の味だと言われている。

素材の味で勝負できるというのなら、自分にも勝機はあるとジルコニアは納得した。

「あれ？　でも、村に来てから差し入れはなかったような」

『村の近くのものは、子供たちが取りつくしてしまったようだからな。まあ、私に任せておけ。さあ、行くぞ』

オルマシオールが伏せの姿勢になった。

乗れ、ということらしい。

「じゃあ、洗濯物を済ませてからで」

『うむ。さっさと済ませろ』

そうして、ジルコニアは大急ぎで洗濯物を干し、屋敷内にいるエイラに出かけてくると伝えに行ったのだった。

ジルコニアを背に乗せて、オルマシオールが風のような速さで森の中を駆け抜ける。

しばらく走り、たくさんの倒木が鎮座している一角にたどり着いた。

それらには焼け焦げた跡があって、どうやら雷に打たれて燃えたもののようだ。

『着いたぞ』

「どうも」

ジルコニアがオルマシオールの背から降りる。

オルマシオールは太さが２メートルはあろうかという巨大な倒木に近づき、クンクン、と鼻を鳴らした。

『これだ。皮を剥がしてみろ』

言われるがまま、ジルコニアは腐ってボロボロになった皮に手をかけた。

ベリベリと音を響かせて皮を剝ぐと、そこには大量のアルカディアン虫の幼虫が丸まっていた。

「うひっ！　き、気持ち悪い……」

嫌そうな顔でそれを見るジルコニアに、オルマシオールが小首を傾げる。

『虫が苦手なのか？』

「ええ。この、イモイモした見た目が本当にダメなんですよ……」

ジルコニアはそう言いながら、近くに落ちていた小枝を２本拾った。

それを箸にしてアルカディアン虫を１匹摘み、持ってきた布袋に入れる。

その刺激が他のアルカディアン虫に伝わったようで、どうにかして逃れようと、うぞうぞと動き出した。

「ひっ！」

ぞわぞわ、と全身に鳥肌を立てて、ジルコニアが声を漏らす。

『何だ、情けない声を出しおって』

「だから、苦手なんですって……こんなもの、よく皆食べるなぁ。生で食べるとか、絶対無理なんだけど」

『生で食べたことがないのか？　絶品とはこのことだぞ』

オルマシオールが倒木に顔を近づけ、ぺろりと舌を伸ばした。

器用に一匹だけ舌に乗せ、ぱくん、と頬張って咀嚼する。

『うむ、これは美味い。これほど美味いアルカディアン虫は、街の人間どもは食べたことがないだろうな』

「えっ？　他のアルカディアン虫とは、味が違うんですか？」

ジルコニアが言うと、オルマシオールは、ふふん、と得意げに鼻を鳴らした。

『焼けた倒木にいるアルカディアン虫は特別なのだ。風味も味の濃さも、普通の倒木にいるやつとは比べ物にならん。これなら、カズラは大喜びするだろう』

「へぇ、知りませんでした。というより、知ってる人なんていなさそうですね」

ジルコニアは感心しながら、ひょいひょいとアルカディアン虫を袋に入れていく。

『せっかくだから、お前も1つ味見してみろ』

「い、嫌ですよ！　こんな気持ちの悪いものを生きたまま食べるなんて、正気じゃないですって！」

『そうは言うが、味の感想の共有というのも大事なのではないか？　きっと、話が盛り上がるぞ』

「そ、それはそうですけど……」

ジルコニアが枝で摘まんでいるアルカディアン虫に目を向ける。

丸々と太ったそれはうねうねと暴れていて、はっきり言って気持ち悪い。

だが、カズラと一緒に楽しく食べる自分の姿を想像したら、挑戦してみたい気持ちも少し湧いた。

『ほら、食ってみろ。味はすこぶるいいんだ。きっと気に入る』

「うー……」

ジルコニアは摘まんでいるアルカディアン虫を、倒木の上に置いた。

アルカディアン虫は必死に這いずって逃げようと、伸縮運動を繰り返している。

「き、気持ち悪すぎる……」

『我慢しろ。頭の部分は硬いから、お前らでは食えんだろう。頭を摘まんで口に入れて、歯で噛み切るといい』

「う、うう……」

ジルコニアが震える手を伸ばす。

額には脂汗が浮かび、伸ばした手にはこれでもかと鳥肌が立っていた。

だが、意を決してアルカディアン虫の頭を摘まみ、ぶるぶると震えながら顔に近づけた。

「はあ、はあ……」

うにょん、うにょん、と胴体を振り回すアルカディアン虫。

どうして自分はこんな拷問のような目に遭っているのかと、ジルコニアは涙目だ。

『さっさとしろ。日が暮れるぞ』

「んぎぎ……だぁっ！」

ジルコニアが雄叫びを上げ、口にそれを突っ込んで一気に前歯で噛み千切った。

ぶちゅ、と嫌な音が口の中から響いたが、少しでも躊躇《ちゅうちょ》したら吐いてしまうので、そのままの勢いで咀嚼する。

『どうだ？』

「んふー！　んふー！」

鬼気迫る表情でアルカディアン虫を噛み締めるジルコニア。

たっぷり20秒近く咀嚼して、ごくりと飲み込んだ。

「……美味しいけど、死ぬほど気持ち悪いです。うぇ」

ジルコニアは涙目で、鼻水も少し鼻からのぞいている。

今まで生きてきた中で、家族が殺された事件の次につらい体験だった。

『ほれ、みたことか。ただの食わず嫌いだったな』

ドヤ顔で、オルマシオールがそんなことを言う。

気持ち悪い、のくだりは完全に無視だ。

しかし、彼の言うとおり、生のアルカディアン虫は香ばしい香りとまろやかでクリーミーな舌触り、そして濃厚かつ深みのある味わいで、かなり美味しかった。

とはいえ、口の中で暴れる芋虫は気持ち悪いどころの騒ぎではなく、もう1匹食えと言われたら全力で拒否したい気持ちだ。

そこでふと、ジルコニアの頭にある疑問が浮かんだ。

「あの、どうして私にこれを教えてくれたんですか？」

『ん？　それはさっき言っただろうが。お前のラタが心配していたからだぞ』

「いえ、それはそうなのですが、バレッタやリーゼだってカズラさんのことが好きなのはご存知ですよね？　それなのに、私だけを応援するようなことをしてくれたのは、どうしてかなって」

『……』

　オルマシオールが口ごもり、視線を泳がす。

「あ、あの？」

『……お前がいつも食べている、生チョコというものがあるだろう。それを私も食べてみたいのだ』

「あ、はい。じゃあ、村に帰ったら……って、食べたいならカズラさんにお願いすればいいのでは？」

『そんなあさましい真似ができるか。お前の口から、「彼らにも食べさせてあげてみては？」とか何とか言っておいてくれ』

「ええ……」

　どうやら、オルマシオールは一良《かずら》に食べ物をねだるのが恥ずかしいらしい。

　こうして肩入れして貸しを作ったのは、生チョコを食べているのが自分だけだからだろう。

普段の彼の威厳たっぷりの出で立ちとのギャップに、ジルコニアは思わず笑ってしまった。

「まあ、そういうことなら、言っておきますね」

『うむ。あと、もっといろいろな食べ物を私に寄こすようにも、それとなく言っておいてくれ。甘い物を多めにな。あと、ちゅるるを荷馬車いっぱい用意するようにとも、それとなく言っておいてほしい。他にもそういった食べ物があれば、それもな。いいか、それとなくだぞ』

「分かりました。それとなく言っておきますから」

そうして、ジルコニアたちは布袋がいっぱいになるまで、アルカディアン虫を集めたのだった。


その日の午後。

用事を済ませて早目に村に帰って来た一良《かずら》は、ジルコニアに誘われて、村の傍を流れる川に遊びに来ていた。

「いやぁ、ちょうどよかった。俺も皆を釣りに誘おうと思ってたとこだったんで」

日本で調達してきた真新しい釣り竿を手に、一良《かずら》が川べりに腰を下ろす。

バレッタ、リーゼ、エイラも一緒で、皆が釣り竿を渡されていた。

「私、釣りなんて初めてだよ。釣れるかなぁ？」

リーゼがうきうきした顔で、一良《かずら》から少し離れた場所に腰を下ろす。

バレッタたちも、それぞれ間隔を空けて川べりに腰掛けた。

「最新式の釣り竿だし、餌も用意してきたから大丈夫じゃないかな？　誰が一番先に釣れるか、競争だぞ」

「この釣り竿、すごいですね！　こんなに大きくてリールまで付いているのに、すごく軽いです」

バレッタが釣り針に練り餌を付けながら言う。

釣り竿は渓流竿と呼ばれるもので、流れの速い川に適した竿だ。

一良《かずら》は店員にお勧めされるまま、練り餌も一緒に買ってきた。

たくさん買ってくれたからと、魚を入れる用のバケツまで貰ってしまった。

「入門セットって店員さんは言ってたんですけど、すごくしっかりした竿ですよね。使い勝手が良かったら、村の人たちにも買ってこようかなって」

「きっと、皆喜びますよ。今まで、枝に紐を付けた竿しか使ってきませんでしたから」

「カズラ様、餌の大きさはこれくらいでいいのでしょうか？」

エイラが練り餌を摘まんで、一良《かずら》に見せる。

「ええ、それくらいで……ん？　ジルコニアさん、やらないんですか？」

すとん、と隣に腰を下ろしたジルコニアに、一良《かずら》が小首を傾げる。

「最初は見学しようかなって。それに、ご褒美を用意してきたので、釣れた人に食べさせてあげる係をしたいんです」

「ご褒美？　何を持ってきたんですか？」

「ふふ、それは釣れてからのお楽しみです」

にっこりとジルコニアが微笑み、持っていた布袋を掲げて見せる。

なら始めるかと、皆が針に練り餌を付け、竿を振るった。

「わあ、これ気持ちいいね！」

シュッ、と音を立てて飛んだ釣り針の感触に、リーゼが喜ぶ。

「私も、初めてなのに上手くできました！」

「ふふ。たくさん釣って帰って、夜はお魚パーティをしたいですね」

エイラとバレッタも楽しそうだ。

わいわいと話しながら糸を垂らしていると、バレッタの竿が、クンッ、と引かれた。

「あっ、かかりました！」

バレッタが即座に竿を持ち上げ、リールを巻く。

事前に一良《かずら》から簡単なレクチャーを受けただけにもかかわらず、なかなかに様になっていた。

「おおっ！　バレッタさんが一番手か！」

「バレッタ！　逃がさないようにね！」

「大丈夫ですっ！」

バレッタがもう一度竿を上げると、水面から小ぶりな魚が飛び出した。

器用に手元に魚を寄せ、左手でパシッと掴む。

「やった！　やりました！」

「「おー！」」

皆が竿を膝で挟んで、パチパチと拍手をする。

ジルコニアは立ち上がり、バレッタの下へと歩み寄った。

「おめでとう！　はい、これご褒美！」

ジルコニアは布袋を開くと、中から生きているアルカディアン虫を摘まみ出した。

バレッタは「わあ！」と喜び、他の者たちはぎょっとした顔になる。

「すごく大きなアルカディアン虫ですね！　こんなに大きいの、初めて見ます！」

「ふふ、でしょう？　森の奥まで行って、探してきたの。はい、あーん」

ジルコニアはアルカディアン虫の頭を摘まんだまま、バレッタの口元に寄せる。

バレッタは一瞬戸惑ったが、すぐに口を開いてそれを迎え入れた。

前歯で頭から下を噛み千切り、もぐもぐと咀嚼する。

「んっ！　こ、これ、すっごく美味しいです！」

バレッタが驚いて目を見開く。

「こんなに濃厚な味のもの、食べたことがないです！　どこで獲ったんですか？」

「秘密の場所とだけ言っておくわ。また釣れたらあげるから、頑張ってね」

「はい！　頑張ります！」

バレッタが魚を針から外して水の入ったバケツに入れ、勇んで再び練り餌を付ける。

一連の流れに、一良《かずら》たちは唖然とした顔になっていた。

釣れたらまずいことになる、と顔に書いてあった。

「あ、あの、お母様。私はアルカディアン虫はちょっと……」

リーゼが引きつった顔で言う。

「大丈夫。あなた、虫は嫌いだものね。代わりに生チョコをあげるから」

「よかった……」

ほっと胸を撫でおろすリーゼ。

それを見て、エイラがおずおずと手を上げた。

「ジルコニア様、私も虫はちょっと……」

「エイラもダメなの？　なら、生チョコにしとくわね」

「はい、お願いします」

エイラも、ほっとした顔になる。

言うなら今しかない、と一良《かずら》が口を開きかけた時、彼の持つ竿が大きく揺れた。

「あっ、カズラさん！　引いてますよ！」

「なぬっ⁉」

バレッタの声に、一良《かずら》は慌てて竿に目を戻した。

そんな彼に、ジルコニアが駆け寄る。

「おおっ、やりましたね！　大好物もゲットですね！」

ジルコニアが布袋から、一際大きなアルカディアン虫を摘まみ出す。

違うそうじゃない、と一良《かずら》が言おうとした時、バレッタがにっこりと微笑んで口を開いた。

「カズラさん、アルカディアン虫が大好きですもんね。いつも喜んで食べてくれるから、私も嬉しくて、村に帰ってくるたびに探しに行っちゃってます」

すさまじく純粋な笑顔で言うバレッタに、一良《かずら》は吐き出しかけた言葉を飲み込んだ。

今ここで「実はアルカディアン虫は苦手です」などと言おうものなら、確実にバレッタを傷付けてしまうだろうからだ。

今まで、苦手な虫をせっせと食わせ続けていたのかと、落ち込んでしまうに違いない。

リーゼだけは彼の表情から真意に気付いており、「うわぁ……」と小声で漏らしていた。

「そんなに好きなんですね。私、本当に芋虫が苦手で触るのも嫌だったんですけど、頑張って獲ってきたかいが……あっ！　竿を上げないと逃げちゃいますよ！」

「う、は、はい」

一良《かずら》が仕方なく、リールを巻いて竿を上げる。

バレッタが釣ったものよりも一回り大きな魚が姿を現し、「おー！」とリーゼ以外が拍手をした。

ぴちぴちと暴れる魚が付いた糸を掴んでいる一良《かずら》の口元に、ジルコニアがアルカディアン虫を近づける。

「ふふ、おめでとうございます。はい、あーん」

少し頬を染めて、アルカディアン虫を差し出すジルコニア。

一良《かずら》が、ぎぎぎ、と顔を彼女の方に向けると、その先にいるリーゼと目が合った。

リーゼは両手を合わせて、「ご愁傷様」と口パクして苦笑している。

「カズラさん、どうしたんですか？」

いつまでも口を開かない一良《かずら》に、ジルコニアが小首を傾げる。

一良《かずら》は半泣きになりながら、ゆっくりと口を開いたのだった。

あとがき

こんにちは、こんばんは。握り続けていたバイオベンチャー株をついに手放して、3桁万円の損失を確定させたすずの木くろです。

作家という職業をしている都合上、締め切りというものは常に存在するのですが、私はそんな締め切りを頭の中で女の子に擬人化していたりします。

彼女の名前は「シメキリちゃん」。締め切り日がはるか先にある時点では、それはそれは可愛らしい美少女です。すらりと伸びた長い手足に、流れるような美しい黒髪。小奇麗な白のワンピースに身を包み、はにかんだ笑顔で、すごく遠くから私に小さく手を振ってくれています。かわいい。

締め切り日まで、約2カ月。この辺りから、少し雲行きが怪しくなってきます。シメキリちゃんの表情がどこか不安そうなものになり、徐々に私に近づきながら「大丈夫？」と小首を傾げています。かわいい。まだかわいい。

締め切り日まで、約1カ月。シメキリちゃんの眉間に皺が寄り始め、それまでの可愛らしい表情から真顔へと変化。距離もだいぶ近くなってきました。少し怖い。

締め切り日まで、約2週間。シメキリちゃんの手にはいつの間にか包丁が握られており、だらんと手を垂らしたまま、私へとさらに迫ります。怖い。

締め切り日まで、1週間。シメキリちゃんは握った包丁を胸の前に掲げ、首の角度は45度。目は見開いていて、口パクで「分かってるよね？」と伝えてきます。怖い。

締め切り日まで、3日。シメキリちゃんはナイフ使いよろしく、包丁を舐めています。目は虚ろで半笑い。助けて。

締め切り日当日。シメキリちゃんの顔が突如として般若のように歪み、私の腹に包丁を突き刺します。はい、今、突き刺さっている状況です。これ以上刺し込まれると死んでしまうので、私は地面に血反吐をぶちまけて、「オッ、オッ」と声を漏らしながら担当さんに原稿を送信することにします。

というわけで、「宝くじ～」シリーズ、16巻目を発売することができました。

いつも応援してくださっている読者様、美麗なイラストで本作を彩ってくださっている黒獅子様、素敵な装丁デザインに仕上げてくださっているムシカゴグラフィクス様、本編コミカライズ版を連載してくださっているメディアファクトリー様、本編コミカライズを担当してくださっている漫画家の今井ムジイ様、スピンオフ「マリーのイステリア商業開発記」を担当してくださっている漫画家の尺ひめき様、本作担当編集の高田様（やさしい）。いつも本当にありがとうございます。これからも励みますので、今後とも、何卒よろしくお願いいたします。

２０２２年9月　すずの木くろ

本書に対するご意見、ご感想をお寄せください。

あて先

〒162-8540 東京都新宿区東五軒町3-28
双葉社　モンスター文庫編集部
「すずの木くろ先生」係／「黒獅子先生」係
もしくは monster@futabasha.co.jp まで

MONSTER
bunko

宝《たから》くじで40億《おく》当《あ》たったんだけど異世界《いせかい》に移住《いじゅう》する⑯

2022年10月31日　第1刷発行

著者　すずの木《き》くろ

発行者　島野浩二

発行所　株式会社双葉社
〒162-8540
東京都新宿区東五軒町3-28
電話　03-5261-4818(営業)
03-5261-4851(編集)
http://www.futabasha.co.jp
(双葉社の書籍・コミック・ムックが買えます)

印刷・製本所　三晃印刷株式会社

フォーマットデザイン　ムシカゴグラフィクス

落丁・乱丁の場合は送料双葉社負担でお取り替えいたします。「製作部」あてにお送りください。
ただし、古書店で購入したものについてはお取り替えできません。
[電話]03-5261-4822(製作部)

定価はカバーに表示してあります。

ISBN978-4-575-75315-8　C0193
Printed in Japan

Mす01-16

モンスター文庫

農民関連のスキルばっか上げてたら何故か強くなった。

Noumin Kanren No Skill Bakka Agetetara, Nazeka Tsuyoku Natta.

しょぼんぬ
ILLUST: 姐川

超一流の農民として生きるため、農民関連のスキルに磨きをかけてきた青年アル・ウェインは、ついに最後の農民スキルレベルをもMAXにする。

そして農民スキルを極めたその時から、なぜか彼の生活は農民とは別の方向に激変していくことに……。最強農民がひょんなことから農民以外の方向へと人生を歩み出す冒険ファンタジー第一弾。

モンスター文庫

発行・株式会社　双葉社

モンスター文庫

1
小鈴危一
Illust 夕薙
最強陰陽師の異世界転生記
～下僕の妖怪どもに比べてモンスターが弱すぎるんだが～
仲間の裏切りにより死に瀕していた最強の陰陽師ハルヨシは、来世こそ幸せになりたいと願い、転生の秘術を試みた。術が成功し、転生した先はなんと異世界だった！　魔法使いの大家の一族に生まれるも、魔力なしの判定。しかし、間近で目にした魔法は陰陽術の足下にも及ばなくて――極めた陰陽術と従えたあまたの妖怪がいれば異世界生活も楽勝！　歴代最強の陰陽師による異世界バトルファンタジーが新装版で登場！　30頁超の書き下ろし番外編も収録。
モンスター文庫

発行・株式会社　双葉社

モンスター文庫

必勝ダンジョン運営方法 1
雪だるま
YUKIDARUMA
画 ファルまろ
FARUMARO
ある日、アパートを訪ねてきた女神ルナに、異世界でのダンジョン運営をお願いされた鳥野和也。渋々ダンジョンマスターとなった和也は、まずはゴブリンやスライムを鍛えることにする。2日後、剣士や魔術師、元王女の奴隷などからなるパーティーが、ダンジョンに紛れ込む。和也はゴブリンたちとともに迎え撃つが……露天風呂を作ったり、エルフの少女たちを教育したりと、ダンジョンマスターは今日も大忙し！「小説家になろう」発、大人気迷宮ファンタジー！
モンスター文庫

発行・株式会社　双葉社